U0689163

冒险最大的乐趣就在于无法预料

8 布莱顿
少年冒险团

最后的
冒险

The *River* of
Adventure

[英] 伊妮德·布莱顿 著
赵美欧 译

浙江文艺出版社

图书在版编目(CIP)数据

布莱顿少年冒险团8，最后的冒险/（英）伊妮德·布莱顿著；赵美欧译.—杭州：浙江文艺出版社，2020.3（2022.3重印）

ISBN 978-7-5339-5952-4

Ⅰ.①布…　Ⅱ.①伊…　②赵…　Ⅲ.①儿童小说—长篇小说—英国—现代　Ⅳ.①I561.84

中国版本图书馆CIP数据核字（2019）第294170号

责任编辑　童潇骁
装帧设计　吕翡翠
责任印制　吴春娟
插　　画　呼呼CASSIE

布莱顿少年冒险团8：最后的冒险

[英] 伊妮德·布莱顿 著　赵美欧 译

出版　浙江文艺出版社
地址　杭州市体育场路347号
邮编　310006
网址　www.zjwycbs.cn
经销　浙江省新华书店集团有限公司
制版　杭州天一图文制作有限公司
印刷　浙江新华数码印务有限公司
开本　880毫米×1230毫米　1/32
字数　150千字
印张　7.25
插页　2
版次　2020年3月第1版
印次　2022年3月第3次印刷
书号　ISBN 978-7-5339-5952-4
定价　29.00元

版权所有　违者必究

（如有印、装质量问题，请寄承印单位调换）

目　录

第 1 章 ·········· 001
四个生病的小可怜儿

第 2 章 ·········· 008
惊喜

第 3 章 ·········· 015
他们出发了

第 4 章 ·········· 021
这是哪儿

第 5 章 ·········· 028
顺流而下

第 6 章 ·········· 037
影子城

第 7 章 ·········· 043
一个令人惊叹的早晨

第 8 章 ·········· 052
又是那个玩蛇的人

001

059

最　后　的　冒　险

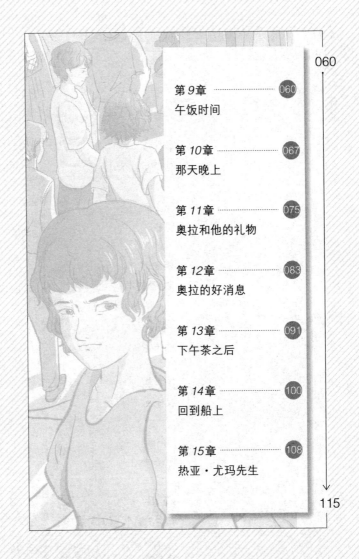

060

第*9*章 ······· 060
午饭时间

第*10*章 ······· 067
那天晚上

第*11*章 ······· 075
奥拉和他的礼物

第*12*章 ······· 083
奥拉的好消息

第*13*章 ······· 091
下午茶之后

第*14*章 ······· 100
回到船上

第*15*章 ······· 108
热亚·尤玛先生

115

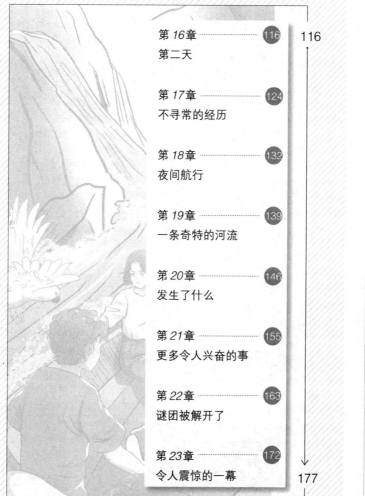

第 16 章 ············ 116
第二天

第 17 章 ············ 124
不寻常的经历

第 18 章 ············ 132
夜间航行

第 19 章 ············ 139
一条奇特的河流

第 20 章 ············ 146
发生了什么

第 21 章 ············ 155
更多令人兴奋的事

第 22 章 ············ 163
谜团被解开了

第 23 章 ············ 172
令人震惊的一幕

116

177

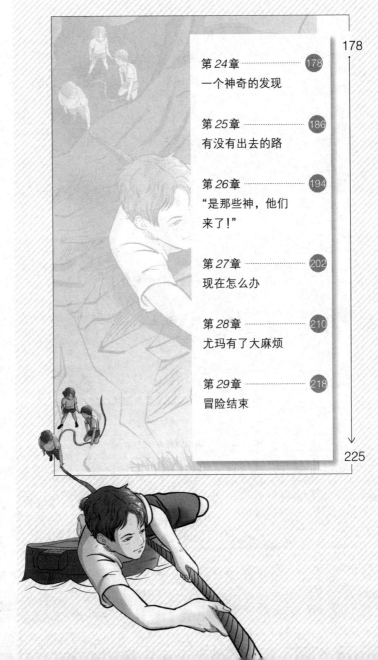

178

第24章 ————— 178
一个神奇的发现

第25章 ————— 186
有没有出去的路

第26章 ————— 194
"是那些神，他们
来了！"

第27章 ————— 202
现在怎么办

第28章 ————— 210
尤玛有了大麻烦

第29章 ————— 218
冒险结束

225

第1章
四个生病的小可怜儿

"可怜的小鹦鹉！"卧室门外传来了一声哀叹，"可怜的小鹦鹉！擤鼻涕，小鹦鹉！"

响亮的擤鼻涕声响起，随之而来的是一阵干咳。然后就是一阵沉默，好像门外的人在听着门内是否有回应。

杰克从床上坐起来，看向对面床上的菲利普。

"菲利普，让琪琪进来怎么样？她听起来太可怜了。"

菲利普点了点头："好的，只要她不叫唤，不闹出太大动静就行。我的头好多了，谢天谢地！"

杰克下了床，颤颤巍巍地向门口走去。事情是这样的：杰克、菲利普还有两个女孩都得了很严重的流感，身体十分虚弱。其中菲利普的情况最糟糕。他受不了这只叫琪琪的鹦鹉待在卧室里，因为她总是模仿他们咳嗽、打喷嚏和擤鼻涕。可怜的菲利普，虽然他很喜欢小动物，但是也恨不得拿起拖鞋呀书呀，手头上的任何东西向这只迷糊的鹦鹉扔去。

琪琪斜着身子挤进了门，冠子耷拉了下来。"可怜的小家伙！"杰克说道。琪琪立马飞上了杰克的肩膀。杰克接着说：

最后的冒险

"你从来没被关到外面过吧，小家伙！我们感冒头晕的时候谁还会喜欢你模仿的声音哟，你的那些声音像是出了故障的飞机，都快把菲利普给逼疯了！"

"不要出声！"菲利普想想就觉得害怕，"我感觉自己再也不会嘲笑琪琪的声音了。"他咳嗽着，在枕头底下找手绢。

琪琪也开始咳嗽，但是非常小心。杰克笑了："行啦，琪琪，这样不好！你又没得流感，干吗要装作这样！"

"流感，流感，赶走流感！"琪琪迅速回应道，又咯咯地小声笑了起来。

"行啦，琪琪！我们可没心情去笑你的那些蠢话！"杰克说着又回到了床上，"你就不能对病人好点吗？安静点，有点同情心，行吗？"

"可怜的小鹦鹉！"琪琪缩成一团贴近杰克的脖子，发出一声哀叹。

"别这样，别在我脖子下面缩着，"杰克说道，"你现在是不是为自己感到难过呀，振作一点！我们今天好多啦，体温也降下去了。我们很快就又活蹦乱跳啦，我敢说艾莉阿姨会很高兴的，毕竟这几天我们四个生病的小可怜儿让她忙得不可开交。"

这时候，门轻轻地推开了，艾莉阿姨——菲利普和黛娜的妈妈——从门口望了进来："你们都醒啦，感觉怎么样，想要再来点柠檬汁吗？"

"不用啦，谢谢阿姨。"杰克说，"我告诉您我现在突然非常非常想要的，是——水煮蛋和黄油面包！突然，我就想吃了，其他的什么都不想要！"

艾莉阿姨笑了："噢，菲利普，你好多啦，也想要煮蛋吗？"

"不啦，我什么都不想吃。"

"可怜的小孩！"鹦鹉琪琪说道。她抬起头看看菲利普，咯咯地笑起来。

"闭嘴，琪琪！"菲利普说，"我还不想被嘲笑，你要再说话我就把你扔出去！"

"安静，琪琪！"杰克轻轻地拍了一下她尖尖的嘴。她又立刻缩进了杰克的脖子——只要能留在亲爱的杰克身边，她才不介意安静一会儿呢！

"两个女孩怎么样了？"杰克问道。

"好多啦，"艾莉阿姨说，"比你们恢复得好。正在玩牌呢，她们想问今晚可不可以到你们这边来说说话？"

"好呀，"杰克说，"但是菲利普好像不太愿意，你觉得行吗，菲利普？"

"再说吧，"菲利普有气无力地说道，"抱歉，我现在感觉心情很糟糕。"

"没关系，菲利普，"艾莉阿姨安慰道，"你身体正在恢复，明天没准儿就好了。"

她说得没错——第二天傍晚菲利普就活蹦乱跳了。鹦鹉琪琪也被允许想唱就唱，想叫就叫，甚至模仿火车飞速穿过隧道的声音都没人管，但是这声音却立马让艾莉阿姨上楼来了。

"停下！琪琪，别在屋子里发出这种声音，我受不了！"

黛娜看着艾莉阿姨，伸出手摸摸她："妈妈，你这几天照顾我们四个辛苦啦，你看起来脸色有点苍白，不会也得流感了吧？"

"当然没有，"艾莉阿姨说道，"我只是为了照顾你们四个，来来回回上下楼有些累而已。不过你们很快就能恢复，可以去上学了！"

"啊！"艾莉阿姨话刚说完，抱怨声便四起，琪琪开心地加入了进来，发出了第五声，就数她的声音最大。

"学校啊！"杰克厌恶地说道，"艾莉阿姨，干吗老提醒我们这个？我讨厌现在回学校——所有的人都适应了学习生活，知道了很多知识，而我就好像一个新来的！"

"哈哈，你自己不好意思了吧！"艾莉阿姨笑道，"好啦，你们继续玩游戏吧，但是不要再让琪琪模仿飞机、火车、汽车或者割草机的声音了！"

"好的。"杰克说道，严肃地警告琪琪，"听到了吗，小鹦鹉，安静一点！"

"妈妈是不是看起来脸色不太好，"菲利普边说边发牌，"希望比尔能回来带她去度个假。"

"比尔现在在哪儿呢？最近有人知道他的消息吗？"黛娜问道，挑了她的牌。

"你知道比尔的工作，总是为政府做些非常秘密的事情，"菲利普说道，"我觉得除了妈妈，没有人知道他在哪里。但是他总是会突然间冒出来，迟早都会出现的。"

比尔是艾莉阿姨的丈夫。他们刚结婚不久，那时候艾莉阿姨还是寡妇曼纳林夫人，带着自己的孩子黛娜和菲利普，还有两个一直把她当作阿姨的孤儿杰克和露西安。他们都很喜欢聪明坚强的比尔，尽管比尔的工作常常让他遇到各种危险。

"希望比尔能在我们去学校之前回来，"杰克说道，"我们已经很久没看到他了。让我想想——现在快到十月了，他九月初就不知去哪儿了。"

"乔装！"露西安想到了，"他乔装成一个老人，你们记得吗？他走的那晚，那个坐在艾莉阿姨旁边的我们不认识的驼背老人！他头发都不一样了！"

"他戴了假发！"杰克说道，"快点，黛娜！该你出牌了，你拿到'王'了吗？"

黛娜打出了她的牌，看向旁边的收音机："我们把收音机打开吧，怎么样？我今晚特别想听，菲利普，你受得了吗？"

"当然可以了，"菲利普回答道，"别担心我了，我现在非常健康。天哪——一想到当时我那惨样儿，我就羞愧得没脸见人。如果我当时突然哭出来，我也不会太惊讶的。"

"你确实哭过一次，"杰克无情地"揭露"了他，"我看到啦，你那时看起来特别特别——'奇特'。"

"闭嘴，别胡说！"菲利普尖叫道，"黛娜，收音机没调好。让我来，你永远搞不定这种事情的！黛娜，我说啦，让我弄！你让开！"

"啊哈，我们的菲利普终于正常了，"杰克看着这对熟悉的兄妹又开始吵架了，说道，"你弄出来啦，菲利普，一下子就调出电台来啦！啊——这是一个关于盗窃的滑稽短剧，约翰·乔丹在里边，应该很有意思的，听吧。"

的确非常有意思。艾莉阿姨在楼下安静地休息了一会儿之后，听到了楼上突然传出来的笑声。然后，一声拖得很长的响亮哨声让艾莉阿姨眉头一皱：这只烦人的小鹦鹉！

但是这声音并不是琪琪发出的，是剧里的约翰·乔丹。他是个警察，正在吹警哨——呜呜呜呜！有人大喊大叫起来："警察！警察！"警哨声又响起了。

"警察！叫警察！"琪琪跟着叫喊，模仿着发出了一声惟妙惟肖的哨声，"呜呜呜！警察！叫警察！呜呜呜呜！"

"闭嘴，琪琪！你如果再这样大声叫唤，吹哨子的话，警察就真来了！"杰克说道，"我的天哪，希望琪琪再也不要发出这种声音了，她会给我们带来没完没了的麻烦！琪琪，如果你再喊一声'警察'的话，我就把你扔到床底下！"

琪琪还没来得及回应，一阵敲门声突然响了起来——四个孩子被吓得差点儿跳起来。接着，洪亮的声音从门外传来。

"谁叫警察呢？他们来了，以法律的名义，开门！"

门缓缓地开了，孩子们惊诧地望过去。什么情况？警察真的来了吗？

一张脸从门后探出来，一张微笑的脸——圆圆的、红润的、闪烁光芒的，一张孩子们无比熟悉、非常喜爱的脸。

"比尔!"孩子们呼喊着,从床上跳了下来,跑向门边这个高大壮实的男人,"比尔,你回来啦!我们一点也不知道你要回来,太好啦!"

第2章
惊喜

比尔走进屋子，坐在了杰克的床上。琪琪开心地大声咯咯叫着，飞到了比尔的肩上，轻轻啄着他的耳垂。艾莉阿姨也进来了，幸福地微笑着，因为比尔回来了，艾莉阿姨的气色看起来和之前都不一样了呢。

"我怎么听说有四个生病的小可怜儿？"比尔说道，两只手分别搂住两个女孩，"现在我回来了，你们就得起来了，知道吗？不能让你们几个像这样一直赖在床上！"

"我们明天下午茶的时候就下床。"露西安说道，"比尔，你最近去哪里了，告诉我们吧！"

"对不起啦，小家伙，我一个字都不能说。"

"哦，那肯定是非常非常机密的！"黛娜有些失望，"你这一阵儿会待在家里吗？"

"我真希望是这样。"比尔说道，"似乎应该有人来照顾你妈妈了，她都瘦了。为什么你们都感冒了呢？这样都没人给艾莉帮忙了。"

"是我们太自私了！"杰克说道，"就连你也不在，比尔。不过没关系，你回来了一切就都好了。是不是，艾莉阿姨？”

艾莉阿姨点点头。“当然喽，一切都会好的！”她说道，“孩子们，一会儿我们要不要把饭菜端到卧室来吃呀？这样我们就可以和比尔好好聊聊天了。”

大家晚饭吃得相当开心。鹦鹉琪琪比往常更滑稽了，随意吹着她的“警哨”。很快，所有的人包括比尔，都对她的新花招感到厌烦了。

“比尔，比尔棒棒，快点付账！比尔棒……笨！比尔笨笨！”琪琪大叫着，杰克狠狠地敲了敲她的嘴，“别聒噪了，老实点，琪琪！”

琪琪飞到地板上，很是受伤。“可怜的小鹦鹉，小可怜儿。”她小声咕哝着，躲到床底下不见了。因为她在那里发现了一只旧拖鞋，便花了半小时的时间一直开心地啄着鞋上的扣子。

大家说着笑着，非常高兴，流感都被忘到脑后了。但是九点半左右的时候，露西安突然脸色苍白，一下子倒在了床上。

“我们说得太久了，”比尔说道，“忘了他们都生病这事儿了。来吧，露西安，我把你抱回卧室！黛娜，你自己走回去行吗？”

第二天医生像往常一样过来了，对这四个小病号还算满意：“今天下午茶时间下床走动，明天吃完早饭下床，之后就像平时一样。”

“他们什么时候可以回学校呢，医生？”艾莉阿姨问道。

“还不行，”医生说道，孩子们吃了一惊，“他们必须找个地方疗养，去上十天半个月。找个温暖、晴朗的地方。他们的流感很严重，如果不去找个这样的地方，他们整个冬天都不会好的。您能做到吗，坎宁安太太？"

"我们会立刻办这个事情的，"比尔说道，"但是医生，我不能让我太太和孩子们一起去，她一直在家里照顾这么多病号，需要休个假放松一下。要是和这四个小家伙在一起她就没法度假了。这事儿就交给我吧。"

"嗯，我周六会再来看看他们的。再见！"医生说道。

"度假！"门一关，黛娜就立马叫道，"真是走运！我还以为我们必须直接回学校了呢！"

一场关于接下来最好该怎么做的家庭会议开始了。"明天就是十月了，"比尔说道，"天气预报的情况不太妙，有风有雨还有雾！我们这儿的气候还真是糟糕！艾莉，恐怕他们不能出国。"

"如果没有监护人的话，他们去不了国外。"艾莉阿姨说道，"我们就得在南部海岸找个地方，送他们去。"

但是，所有的计划都被打乱了，令人猝不及防又显得那么戏剧化。周五晚上，夜色已经很深了，尖锐的电话铃声吵醒了比尔夫妇——也吵醒了琪琪，她的耳朵比其他人的都要尖。她压着嗓子模仿电话铃声，却没有吵醒孩子们。琪琪竖起冠毛听着，比尔此时正在卧室里，用低低的声音对着电话分机讲话。然后传来砰的一声，那是电话听筒被放回去的声音。

"砰！"琪琪小声嘟囔，"砰！砰！"她又把头缩进了翅膀，舒服地在壁炉台的边沿上睡着了。

早餐时比尔没有出现。孩子们都下床了，露西安起得够早，帮忙摆着桌子。四个孩子的脸色都很苍白，身体也很虚弱，但都非常开心地期待着他们的度假，尽管度假的地方听起来并不那么令人激动——一个宁静的海边小村庄。

"比尔去哪了？"黛娜问道，吃惊地看着他的位子上空无一人，"他刮胡子的时候通常会吹口哨的，我刚才没有听到。他起了大早出去散步了吗？"

"不是的，亲爱的。他半夜里就匆忙离开了，"艾莉阿姨说道，表情很是失落，"他接了个电话，昨晚没吵醒你们吧？又是什么紧急事情，你们懂的，急需比尔的意见！所以他就开车出去了。他大概十一点就会回来。我只希望他不是又要去别的地方执行任务，又要消失好几个星期。他才刚刚回来就立马又要走，如果真是这样的话，那就太糟糕了。"

大概十一点半，比尔回来了。他把车停好，吹着口哨从侧门进来。孩子们一窝蜂地迎了上去。

"比尔，你去哪儿啦，你不会又要离开了吧？"黛娜大声叫喊。

"放开我，你们这些黏人的小家伙！"比尔边说边把孩子们抖了下来，"你妈妈呢，黛娜？"

"在客厅，"黛娜说道，"赶快去找她聊聊吧，我们也要听。"

比尔走进了客厅，把门关得严严实实的。孩子们面面相觑。

"我猜他又要被派去执行什么秘密任务了，"杰克沮丧地说，

"可怜的艾莉阿姨，还期待着能和他一起度过一个幸福的小假期呢！"

半个小时过去了，客厅里的谈话仍在进行，比尔的声音低沉而认真。接着，门突然被推开，比尔叫孩子们都进来。

"孩子们，你们在哪儿呢？进来吧，我们说完话了。"

孩子们蜂拥而入，琪琪像平时一样坐在杰克的肩膀上，嘟囔着什么"一二，系鞋带，一只鞋，系两根带儿"。

"闭嘴，琪琪，"杰克说道，"现在别打扰我们！"

此时孩子们都已经进了客厅坐好，比尔宣布："听着，孩子们，我又要走了。"

所有的人都唉声叹气地抱怨着。"比尔！"露西安说道，"我们就担心这个，你可是刚回来啊！"

"你要去哪里？"杰克问。

"还不确定，"比尔说，"不过你们要对我说的话严格保密。简单地说，我要去监视一个被政府怀疑的人——政府不太清楚他在干什么。当然，他可能什么也没干，但是我们需要弄清楚。政府想让我去他附近待几天，搜集一些证据。"

"所以也不会太久，对吧？"菲利普说道。

"不清楚。可能三四天，也可能两星期。"比尔说道，"但是有两件很重要的事。第一，我去那边执行政府任务，不能引起别人的怀疑。第二，我去的地方很温暖，像夏天似的。所以——我觉得你们最好也一起去！"

比尔的话刚说完，周围一片沉默——随之而来的是齐声的尖叫和欢呼。露西安一下子扑到了比尔身上。

"所有的人！艾莉阿姨也去！哇，太棒了！但是你怎么能把我们也带去呢？"

"就像我刚才所说的，不能让人怀疑我是一个前去打探消息的调查员。"比尔解释道，"所以如果我作为一个居家好男人的形象出现，带着一群需要疗养身体的孩子，一个需要度假的妻子，那么别人就不太容易想到我的真实身份了——一个被政府派去执行秘密任务的人。"

孩子们开心地望着比尔。一个国外的假期——同比尔和艾莉阿姨一起！还有比这更好的事情吗？"太神奇啦，"露西安心里想，"希望这不是个梦！"

"你刚才说去哪儿？哦，你没有说！我们要去酒店住吗？到那儿要做什么？不危险吧，比尔？你会有危险吗？"

孩子们的问题一个接一个，比尔摇摇头，用手堵住耳朵。

"你们现在问我什么都没用，我自己也只是听到了这个任务的大概——但我的确说了作为一种乔装，我可以把你们都带上——这个计划看起来可行，所以让政府领导们去安排吧。说句实话，这就是我知道的全部了。除了小声咕哝，你们敢大声谈论这件事试试！"

"我们不会的，比尔，"露西安认真地向他保证，"我们绝对守口如瓶！"

"如瓶！"琪琪又叫唤起来。她仿佛也感受到了孩子们的激动，在桌子上欢快地闹腾着，"如瓶！如瓶！乔装！领导！

如瓶!"

"如果有谁泄露秘密的话,那肯定是这只小鹦鹉了!"比尔大笑,"琪琪,你就不能保持沉默吗?"

琪琪不能,但是孩子们可以,这一点比尔是很清楚的!他们呼啦一下子跑上楼,冲进一个小储藏间里,关上门,你看看我、我看看你,每个人都非常激动。

菲利普长长地呼了一口气:"太令人激动啦!谢谢老天让我们得了流感!现在——让我们讨论一下吧——小点声!"

第3章
他们出发了

　　这个周末充满了刺激。电话铃一直响个不停。最终，在周一晚上，一辆不起眼的小轿车谨慎地停在街道上。从车上下来三个人，他们按照指示，走到花园门外。比尔让他们进来，然后把男孩们叫了过去。

　　"菲利普！杰克！坐进车里观察一下周围的情况！我觉得周围应该没有人，但是谁知道呢！这几位是重要的客人，虽然我们觉得没有人会知道他们来这儿，但你们最好还是注意一下四周。"

　　菲利普和杰克十分激动，他们爬进车里，坐在那儿，屏住呼吸。他们监视得非常仔细，连影子都不放过，安静的街道上一有车来，他们就绷直了身体。而黛娜和露西安则从楼上窗台边儿羡慕地望着他们，希望自己也能隐藏在车里。

　　真令人失望！什么刺激的事情都没有发生。事实上，两三个小时过去了，男孩们就已经厌烦了这种监视。所以当他们听到花园门轻轻地打开，有脚步声靠近汽车的时候感到十分庆幸。

　　"报告比尔，没有任何情况发生，"杰克小声说着，想和菲利普赶快溜走。此时鹦鹉琪琪觉得又可以开口了。刚才她闷闷不乐的，因为在车里一声都不许吭。现在可好啦，又可以放开嗓子了！

"警察！叫警察！呜呜呜呜！"她吹着口哨就像真的警哨一样，所有的人立刻都触电般地呆住了。比尔没有听过琪琪的这个最新"成就"，他惊慌地一把抓住三个人中的一个。他们身体僵直，站着不动，惊诧地望向四周。

黑暗中传来杰克懊悔的声音："比尔，对不起。这是琪琪最近刚学会的，非常对不起！"

他和菲利普逃回了屋子里。琪琪感受到了杰克的厌烦，从他肩膀上飞下来，不见了。事实上，她钻进了客厅的废纸篓，安静地坐在里面。屋外响起了引擎发动的声音，那辆车从门前开走了，消失在黑夜中。比尔回到屋子里。

他走进了客厅，对着灯光眨了眨眼："怎么回事？琪琪都要把警察喊来了！我的老天，吓我一大跳！她在哪儿呢？我得教训教训她！"

"躲起来了，"杰克说，"她知道错了。琪琪前几天在收音机里听到后就一直模仿吹警哨和叫警察。比尔，有什么新消息吗？"

"有，"比尔说道，"特别多。而且是好消息——我们可以一起去度假了，孩子们！"

"真的吗，比尔？"艾莉阿姨说道，"怎么去？"

"我们要去的地方——我现在不能说，万一琪琪又四处张扬呢！我只能说很远很远——但是没关系，我们坐飞机去。而且，政府决定给我们一艘小艇，让我们自由使用，这样的话我们就可以好好欣赏风景，好好地探索一下那个地方了。旅行肯定会非常好玩的！"

"太棒啦！"菲利普说着，两眼放光，"顶级待遇！我们自己的小艇，哇，这个旅行真是太棒了！"

"听起来的确不错！"艾莉阿姨说，"但是我们什么时候走呢，比尔？你知道我得把夏天的衣服找出来！"

"我们坐周三晚上的飞机走，"比尔说，"那个时候你能准备好衣服吗？那边都安排好了，什么都不用担心。"

所有的人立刻都兴奋起来，滔滔不绝地说个不停，每句话都脱口而出。大家刚停下来喘口气，就听到了很响的打嗝声。

"是琪琪！"杰克立马叫道，"她觉得羞愧或者尴尬时就会这样做——我猜她肯定还在为自己在花园里犯的错感到害怕呢！她在哪儿呢？"

搜索开始了，但是琪琪没在厚厚的窗帘后面，也没在桌子和椅子底下。又传来一声打嗝声，大家都疑惑地面面相觑："她哪儿去了？几乎所有的地方我们都找了。琪琪，你这个小笨蛋，快出来！你就没打嗝儿——你装的！"

这时，一个悲伤的、仿佛被人遗弃了似的声音从废纸篓里传出来："可怜的小鹦鹉，好可怜啊，小鹦鹉！"接着是一声重重的叹息声。

"她在废纸篓里！"露西安喊道，把废纸篓里的纸都翻了出来。的确！琪琪就在最下面。她爬了出来，耷拉着脑袋，笨拙地走向杰克，顺着他的脚和腿爬到他身上，然后又爬上肩膀。

"你忘了自己会飞了吧！"杰克被逗乐了，"好啦，你这个小傻瓜，别这样啦，挺胸抬头！记着啊，以后可千万不能再叫警察、吹警哨了！"

"你要去度假喽，琪琪。"黛娜说道。但这小鹦鹉仍装作很失落的样子，把头藏进杰克的领子。没有人再去搭理她，她就立马恢复了原状，开始像往常一样，加入大家的谈话。

过了一会儿，艾莉阿姨突然叫起来："你们知道现在几点了吗？快凌晨啦！这些孩子的病才刚好一点了！我在想什么呢！如果不小心一点他们又要生病了！立刻睡觉去，孩子们！"

四个孩子笑着跑上楼。他们早把得流感的坏心情抛到九霄云外了！现在有一个这么激动人心的旅行摆在面前，他们简直开心得不得了！

"我在想我们究竟要去哪儿？"杰克对菲利普说，"琪琪都不在旁边了，比尔也没告诉我们。"

"在我们出发之前，比尔是不会说的，他总是小心得过头！"菲利普说道，"再问他也没用，但是，又有什么关系呢？这样不是很棒吗？我们不用回学校啦，而是去往一个未知的地方！"

"露西安肯定不喜欢我这么说，但这绝对是一次'冒险之旅'！"杰克说道，"好啦，快上床睡觉吧！你已经说了太多话了！"

接下来的两天事情非常多。大家把夏天的衣服从柜子里、箱子里翻找了出来，帆布的行李箱也被男孩们从阁楼上扔了下来，大家像往常一样一直在找钥匙。闹腾得艾莉阿姨都快疯了。

"闹腾！"琪琪说着。她听比尔抱怨的时候新学了这个词，十分开心："闹腾！闹闹腾腾！叫医生，闹腾！"

"琪琪呀，虽然我很忙，但是也忍不住笑你了，"艾莉阿姨说道，"你和你的'闹腾'，你自己就很闹腾！"

到了周三晚上，所有的箱子都整整齐齐地装好了。钥匙安全地放在了比尔的钱包里，也雇好了人每天过来清扫房子、开窗通风。比尔从车库把车开了出来，是时候出发了。

比尔开车到了飞机场。晚上来这儿还是很让人兴奋的，因为机场里闪烁着各种各样的灯光。机场正在广播指令。

"从罗马起飞的飞机请进机场跑道。"

"飞往日内瓦的飞机延误十分钟。"

"从巴黎起飞的飞机提前两分钟起飞。"

孩子们都坐在候机室里，琪琪依偎在杰克的肩头，他们来早了。候机室很暖和，大家开始感到困意袭来，露西安都快睡着了。突然，比尔站起身来。

"我们的飞机来啦，孩子们。我们现在一起上去。杰克，看好琪琪，别让她离开你乱飞乱叫。用你的衣服把她盖起来。"

琪琪在衣服里小声抱怨，但大家都听不到，因为出发和到达的飞机的轰鸣声太响了。很快，他们一行六人，还有鹦鹉琪琪，安稳地在飞机里各自的位子坐下了。

他们顿时感觉非常舒服。空姐很快就给他们端上了食物和饮料，这让孩子们都高兴坏了。

飞机在夜空中飞得很稳，他们也看不清外面的景色，只知道天气很好，夜空静谧。孩子们在向后倾斜的座位上睡得很香，对这一切都很好奇的琪琪也缩在杰克的衣服下面睡着了。

飞机继续飞着。星星开始从天空中退下去了，而黎明从东方爬了出来。天空开始变成了银色，然后又变成了金色。太阳从遥远的地平线上露出头来。孩子们也一个接一个地醒了。他们醒来的第一件事就是想搞清飞机现在到哪儿了。

"大概还有两三个小时我们就到了。"比尔说道，"有人想吃东西吗，我们善良美丽的空姐又来喽！"

"真希望我能住在飞机上。"杰克说道，此时空姐端上了一盘美味的食物，"为什么飞机上的食物这么好吃呢？看这些大桃子！我从没吃过这么好吃的三明治！"

"太开心了！"露西安边说着，边吞下了她的第四个三明治，"杰克，你管管琪琪！她已经吃了两个桃子了，还把果汁溅到了我身上。"

是呀，太开心了！比尔这次不得不去执行任务，反而还是一种幸运呢！

第4章
这是哪里

孩子们透过窗户，盯着飞机下面的风景看了很久。飞机飞得很高，下面大片大片的白云如同皑皑的雪地一般。从云层的间隙中，他们可以看到河流与群山，还有小村庄。

飞机在跑道上降落时，发出了巨大的轰鸣声。许多人都迅速站起来，拿好了自己的行李挪着步子拥挤着向前走。乘客们从机舱里涌出来，一些人的朋友已经在下面等候接机了。

一辆汽车在下面等待着比尔他们一家人的到来。很快，大家都舒舒服服地坐上了车，司机直接把他们接走了。

"你们看，一切都安排好了，"比尔说道，"我们现在要去一个非常小的地方，叫'巴瑞热'，那儿有一家很舒适的旅馆。我不想待在大的地方，那样的话很容易被认出来。事实上，从现在开始我就要戴上墨镜了。"

这个所谓的"小地方"非常遥远，开了三个小时的车才到。路上有很多地方十分颠簸，沿途所见的景观有时树林茂密，有时又像沙漠般荒芜。终于，他们到达了目的地，车停在了一家旅馆外边。这旅馆从上到下都刷成了白色，看起来随意而悠闲。

旅馆经理亲自出来迎接，他是个长着大鼻子的小个子，微微有些胖。他鞠躬时差点儿鞠到了地上，随后用一种孩子们听不懂的语言大声地吩咐着服务人员。搬运工过来把行李从车上卸下。在炎热的太阳下，所有的人都汗流浃背。

　　"你们想洗漱吗，夫人？"旅馆经理问道，"一切都准备好了，我们真心欢迎你们的到来。"

　　他恭恭敬敬地把比尔一行人请进旅馆，并带他们去各自的房间。房间宽敞、通风，装饰简洁。孩子们非常高兴他们房间里有淋浴室。杰克迅速脱掉了衣服，站在淋浴下面。

　　"菲利普，你知道我们来的地方是哪儿吗？"杰克问道，"我知道比尔说这是叫什么'巴瑞热'的地方，但我从没听说过。"

　　比尔此时正好走进了他们的房间："一切都好吧？女孩们呢？她们的房间挨着你们吧？太好了！我和艾莉的房间就在楼梯另一边。一刻钟以后我们去吃饭，你们收拾好了就过来敲门。"

　　"比尔，我们到底在世界上的什么地方？"杰克问道。

　　比尔大笑起来："你不知道我们在哪儿吗？嗯——我们大概距离叙利亚的边境不远——一个非常古老的地方！告诉女孩们和你们一起赶快过来吃饭！"

　　这个小旅馆确实非常舒服。甚至连琪琪都受到了欢迎——旅馆经理刚从看到一只鹦鹉站在杰克肩膀上的震惊中恢复过来。

　　"你管这只鹦鹉叫什么？"小个子经理问道，"漂亮的小鹦鹉？"

"擦脚，关门！"琪琪突然开口，让小个子大吃一惊。

小个子不知道该不该遵从它的指令。"这只鸟真是有趣啊！"他说道，"太聪明了，它说话说得很好！小鹦鹉，小鹦鹉！"

"小鹦鹉保持安静！"琪琪说着发出了一声尖叫，吓得小个子飞快地逃出了房间。

旅馆里没有其他客人。孩子们坐在阳台的阴凉处，上面挂着一簇簇开得很漂亮的红色花朵。个头很大的蝴蝶飞来飞去，琪琪很感兴趣地望着它们。她在家里也看过蝴蝶，但是和这里的很不一样。她自言自语着，来来回回的服务员都对她很是敬畏。其中一个服务员突然咳嗽了，琪琪便惟妙惟肖地模仿了他的声音，那个服务员满脸惊恐地跑开了。

"别炫耀啦，琪琪，"杰克困倦地说，"安静点儿吧，看在老天的分儿上。你在我肩膀上都闹腾十分钟了。"

接下来的几天里，他们计划着进行一次为期至少一周的河上旅行。比尔制作了一张地图，上面显示着河流的蜿蜒走势，并标注了它流经的地方。

"我们从这里开始，这是起程的地方，先去这儿，看到了吗？然后顺流而下，到达这个小镇——就是——我不知道怎么念，'阿拉欧亚'，大概是这个名字。我会把你们留在那儿，然后去调查一下我的目标人物。当然，我可能会把男孩们一起带上。"

"你的'目标人物'，他叫什么？"杰克问。

"他自称是热亚·尤玛，"比尔说道，"没人知道这是不是他的真名，也不清楚他是哪国人——我们只知道他是一个大麻烦，需要对其进行监视。我们也无法想象他到底在这儿做什么。有可能他做的事情是绝对清白的，但了解了他的犯罪记录后，我并不这么认为。总之，我们要做的就是找到他，弄清他在做什么，然后向政府报告。其他的什么也不用做——所以也没有什么危险，否则我就不会把你们也带着了。"

"即使有危险我们也不介意！"菲利普说道，"发现危险就是一种激动人心的冒险。你懂的，比尔！"

比尔笑了："你和你的'冒险'！听着——这个叫尤玛的家伙不知道我，也没见过我，但是可能有人已经提醒过他，他被盯上了，所以他可能也在提防着过来监视他的调查者。如果有人问你们问题，就坦白地回答。就说你们病了，来这里疗养，享受阳光之类的——这也确实是你们来这儿的原因。"

"好的，"杰克说，"这个叫热亚·尤玛的家伙长什么样儿？"

"这儿有一些他的照片。"比尔说着，发给他们五六张打印的照片。孩子们盯着这些照片，目瞪口呆。

"但是，他们是完全不同的人啊！"黛娜说道。

"看上去是这样，但是这些确实都是我们的尤玛先生，"比尔说道，"正如你们所见，他可是一个善于伪装的大师！唯一伪装不了的就是他右胳膊上长长的白色疤痕，就像一条细细的蜷曲的蛇。但是这疤痕可以很轻易地被掩饰掉，比如用T恤或外套的袖子，还有大衣。"

比尔收起照片，塞进钱包放好。"你们不一定能认出他来，"

比尔说道，"所以不要一碰到人就去怀疑——这样就会毁了你们的旅行！我知道哪儿有认识他的人，我打听得到他的消息。但是也有一种可能，他现在就不在附近——可能飞去了美国或者澳大利亚。他经常四处游荡——真是一个很特别的家伙。"

突然间，一条长长的弯曲的东西从比尔身旁滑过，消失在了附近的灌木丛。他跳起来，伸手拽住了正要飞奔过去的菲利普："别去，菲利普——那可能是条毒蛇——别去捉弄这儿的动物。"

黛娜尖叫了一声："那是蛇？噢，太可怕了！比尔，你没告诉我们这地方有蛇啊，我最讨厌蛇了！菲利普，你要是敢去抓，我就大声尖叫，把这个地方给震塌。"

"傻瓜！"菲利普说着，又坐下了，"好吧，比尔。我保证不会去招惹毒蛇的。那条蛇倒是挺漂亮的，是吧？"

"我不知道，"比尔说道，"我自己也不是很喜欢蛇。你要小心这地方的一些蛇虫之类的东西。要是被它们咬了，会很麻烦的。别把它们放进口袋里。"

自从知道这里有蛇，黛娜就不是很开心。她走路的时候眼睛一直盯着地面，一片树叶的摆动都能让她跳起来。小个子经理看到她这个样子，特意跑过来安慰她。

"这里蛇确实挺多的——大蛇不会咬人，小蛇是有毒的，尤其是那种小巴尔瓜蛇最毒了。千万别去碰它。"

"天哪，那种蛇长什么样儿？"可怜的黛娜问道。

"绿的，身上有斑点。"小个子说。

"什么样的斑点?"黛娜问道。

"有红的,有黄的。"小个子说道,"它攻击的时候脑袋动得特别快——嗖!"他用手模仿着蛇飞速地移向黛娜,黛娜尖叫着退后。

"啊,我吓到你了!"小个子的胖经理惊慌地说道,"别,别害怕啊,看,我有好东西给你!"

他迅速跑去拿他所谓的"好东西",很快端来一盘看起来很腻的蜜饯儿。

"跟你道个歉,"他说,"我请求你的原谅。"

黛娜忍不住笑了起来:"好啦,我也不是那么害怕——谁让你害我跳起来了!但是非常谢谢你的蜜饯儿!"

小个子走了之后孩子们尝了尝这些蜜饯儿。太腻太黏太甜了!只吃了一个他们就觉得有些恶心。但是琪琪吃了很多,然后开始打响嗝儿,一个路过的服务员看到了这一幕,觉得很有意思。

"闭嘴,琪琪,"杰克说道,"够了,安静一会儿吧!"

但是这一次琪琪是真的打嗝儿,她很惊讶地发现自己停不下来了。"原谅我。"她一直用一种很奇怪的语调说着这句话,逗得大家哈哈大笑。

"这次你应该得到了教训,以后不要那么贪婪!"杰克说道,"大家听好啦——明天就开始河上旅行了!我们应该准备一下,把行李打包!"

"打包!打包!"琪琪立马重复着,上上下下地蹦跶着,"三个包已经满了！打包！噢——原谅我!"

　　明天！他们就会拥有一次在河上的冒险之旅！一条未知的河流，一块陌生土地上的神秘目的地——还有什么能比这更令人激动呢?

第5章
顺流而下

第二天他们开车向那条河流驶去。白色的道路曲折蜿蜒，路上的人们纷纷跑到路边给这辆大汽车让路。

"他们好像《圣经》里的人物哦！"露西安说道。

"嗯，很多《圣经》里的人物都是来自这里！"比尔说道，"在某些方面，这里的人和他们的村庄都没什么变化，除了一些现代化的便利设备悄悄地进入了他们的生活，比如录音机、手表，还有现代化卫生设施。当然，还有电影院——到处都可以看到。"

"比尔，几年前我在绘图本《圣经》里看到的'亚伯拉罕①'，就是那个人的样子！"露西安说着，朝路边走过的一位气度不凡的白袍男士扬了扬头，接着视线又落到了一位女士身上，"看，那个头上顶着壶的女人，我是说，顶着水罐。她就像我在

---

① 亚伯拉罕，《圣经》人物，原名亚伯兰，是犹太教、基督教和伊斯兰教的先知，是上帝从地上众生中所拣选并给予祝福的人。

绘图本中见过的，去井边的利百加①！"

"嘿，快看！——骆驼！"菲利普突然激动地喊了起来，"哇，这儿有只骆驼宝宝，我还从来没见过骆驼宝宝呢，真希望可以养一只当宠物！"

"呵呵，你养只骆驼还好，至少不能像蛇或老鼠一样放进口袋里。"黛娜说道，"我怎么觉得这些骆驼看起来很生气？"

"是的，"比尔说道，"骆驼看起来总是显得很烦躁。那边那只正鄙视地看着我们呢，好像它一见到我们的汽车就难以忍受。"

"没准儿是！"黛娜说道，"这车闻起来肯定特别糟糕。是的，它都向下看喽，是吧？别这样，开心点儿嘛，骆驼！"

他们还看到了很有耐心的驴子。神奇的是，驮着那么重的篮子，驴子们居然还能走得动。菲利普和杰克一样，对鸟类也很感兴趣。

"真希望我带了那本关于世界鸟类的大部头，"杰克懊恼着，"那样我就可以查找所有这些奇妙的鸟儿了。我本来把这本书翻了出来准备带上的，但是落在了桌上了。"

"你带着那本大部头上飞机肯定是不合适的，"比尔说道，"但是我看到你带了你的望远镜。你用它也可以观察到很多东

---

① 利百加，《圣经》人物，亚伯拉罕的儿媳。亚伯拉罕打算为他的儿子选一个善良贤能的妻子，就派他的老仆人去他的家乡寻找，老仆人在水井边见到了利百加。

西的。"

"是那条河吗？"黛娜看到一抹蓝色在树丛里闪过，惊喜地叫了起来，"是，真的是。它好宽呀，你们看是不是！"

这条河确实很宽。另一边的河岸看起来非常遥远。船已经在等着他们了，是一艘纤细的小艇，甲板上还有一个衣着整洁、看起来身手敏捷的船夫。当他们下车朝甲板走去的时候，船夫恭恭敬敬地向他们打招呼。

码头很小，船就停在一旁。比尔看了一眼，非常满意，冲船夫点点头。

"我是塔拉，"船夫说着向他们鞠躬致意，"塔拉将会照看这艘船，也会为您服务，先生。"

塔拉带着大家参观了一下这艘船。它虽然很小，但是对他们几个来说已经足够了。船舱里又闷又热，没有人想去那里面！下面的床铺看起来也很闷热，但正如比尔所说，只要搭起蚊帐，他们就可以睡在甲板上。想象一下——微风时不时地吹过，那肯定特别舒服。

"我们现在起航吗？马上？"塔拉问道，大家都被他那双黑黑的大眼睛吸引了。他的牙齿很白，眼睛闪闪发亮，一下子就俘获了孩子们的心。比尔点了点头。

"是的，我们起航吧。你可以领我看看船上这些装置，这样我想掌舵的时候就可以自己试试了。出发吧！"

船顺利地起航了，引擎并没有太大噪音。微风吹过，拂在大家的脸上，立刻就觉得凉快了。孩子们坐在甲板上，好奇地看着两边的河岸缓缓地向后掠去。

艾莉阿姨下到船的底层，想去看看那里储藏着什么食物。她叫着比尔的名字。

"看看这儿！"她说道，"他们对你真的很好，肯定会让你感到非常荣幸的，比尔！这儿的食物足够一支军队吃的了，而且看上去都很好吃！冰箱里装满了黄油和牛奶。我猜，你肯定是一个重要人物，比尔，他们为你做了这么多！"

比尔大笑了起来。"快点去甲板上吧，那儿感觉会更舒服的！"比尔说道，"看看，孩子们在激动什么呢？"

此时，岸上出现了一个小村庄，村里的孩子们都跑了出来，瞅着比尔他们的船慢慢地经过。孩子们叫喊着，挥着手，杰克和其他人也都挥手回应。

"这条河叫什么，塔拉？"菲利普问道。

"冒响河。"塔拉看着前方的河流回答道。

"你们听到了吗，"菲利普喊道，"他说这条河叫'冒险河'——听起来就令人激动，难道不是吗？"

"冒响，冒响。"塔拉重复着，但是菲利普以为他说的是"冒险"，只不过发音有些别扭。塔拉发现很多英语单词都非常难说！

"好啦，塔拉——我听到你说啦，"菲利普说道，"'冒险河'——我觉得这真是个不错的名字，嘿嘿，这对于我们绝对是一场冒险。"

时间一点一点地过去了，这一天的旅程安静而平和。塔拉下到船舱里准备晚饭，比尔则接过塔拉的工作，开始掌舵。孩子们很好奇晚饭会是什么样子，每个人都非常饿了。

塔拉准备了一顿大餐。就像黛娜说的，这太丰盛了，以至于不能叫一顿饭——它不亚于一顿大餐，或者一场盛宴。

很明显，塔拉开了很多罐头，自己一个人做了很多菜，并搭配了各种咸菜和酱。晚餐还有新鲜的香肠、新鲜的水果和水果罐头。露西安猛地抓住一个大桃子，正要放进嘴里。

"别吃桃子皮，露西安，"比尔说道，"所有的水果在吃之前必须削皮，大家别忘了！"

艾莉阿姨十分享受如此宁静的一天——听着河水拍打着船头，看着岸上掠过的村庄，有时他们的船也会和其他船在这碧蓝的河水里相遇。

一天下来，所有的人都很疲惫了。在微风的吹拂下，大家都晕晕乎乎，昏昏欲睡。所以，他们在甲板上整理好床铺后，很快就进入了梦乡。塔拉绑好了船，在确保它安全无虞后，也走到船尾他自己的床铺上睡觉去了。

杰克在临睡着的时候还想着星星看起来怎么这么大这么亮，真是令人惊叹。那天晚上，大家没有听到一丝声音，连夜里鸟儿发出的那种半是短促半是尖长的鸣叫声他们都没有听到。倒是鹦鹉琪琪睁开了眼睛，想着是否要用她嘎嘎的鸟类语言去回应一下，但是一想到比尔不喜欢就放弃了。

清晨的蓝色河水非常美丽，泛着淡淡的奶白色的光晕。杰克激动地看着一群小水鸟盘旋在小船周围。"那是什么鸟?"他指着这群蓝黄相间的小东西，问塔拉。塔拉耸了耸肩。

"塔拉不知道。"他说。杰克很快发现塔拉对鸟儿、虫子还有花儿一无所知，一个都叫不上名字来。他的兴趣都在船的引擎还有如何照看船上。

"我们快要到一个很大很大的地方喽!"太阳刚刚落山，塔拉说道。他看起来十分兴奋："一个叫'影子城'的地方。"

"影子城?"比尔迷惑地说道，"我不认为是这样，塔拉。河那边没有一个很大的城——只有一些小镇。我从没听过'影子城'，地图上也没有。"

塔拉使劲地点着头："是的，'影子城'。塔拉知道。塔拉去过，再过半小时我们就能看见'影子城'了。"

比尔掏出地图，看向指示河流的地方。他又摇了摇头，把地图给塔拉看。

"你搞错了，"他说，"看，这儿没有标'影子城'。"

塔拉用手指着地图上河流转了一个小弯的地方。

"'影子城'在这儿，"他说，"您会看到的，先生，塔拉是对的。塔拉去过这儿。很大很大的城。人特别多。很大很大的高塔，和天一样高。"

这就更令人惊奇了!比尔一时半会儿也搞不明白。为什么这个"很大很大的城"在地图上没有标示？即使是很小的地方上面都有标示。事实上，他原本计划要去的地方就标记在了靠近河流转弯的地方，而塔拉说的"影子城"也在河流转弯处！

比尔耸了耸肩——塔拉肯定弄错了。和天一样高的塔楼——真是胡扯！

夜幕骤然降临，这在南方的国家很常见。星星出来了，巨大、神秘又闪亮。河水变黑，泛着银光，也闪烁着和天上一样多的星星。

"先生，河流一转过弯，就是'影子城'啦！"塔拉激动地说道，"您会看到的！"

小艇平稳地驶过河流拐弯处——一幕令人震惊的景象出现在了比尔和其他人的眼前！

一座巨大的城市伫立在河的西岸——满是灯光和噪音的城市，有着高耸入云的塔楼的城市，就像塔拉说的那样！

比尔震惊地注视着。他不能理解！一个这么大的地方居然没标记——地图是全新的，绘制出来还不到一年！一座大城是不可能在一年内建好的。比尔从未感到如此困惑过。他站在那里注视着河岸，几乎不敢相信自己的眼睛。

"塔拉今晚可以去'影子城'吗？"塔拉恳求道，"先生，塔拉喜欢这儿，塔拉想去？船会给您停好的。"

"当——当然，你去吧，"比尔这才缓过神来，"我的天哪，这真是太不可思议了。一座巨大、真实的城市，还有宏伟的建筑——地图上居然没有标示，伦敦也没人向我提到过它。这究竟是怎么回事呢?"

"我们去参观一下吧，比尔。"杰克说道。

"今晚不行，"比尔说道，"等明天白天我们再去看看它到底是什么样子吧。但这真是个灯火辉煌的地方——还有那些巨大的建筑！我一点儿都搞不懂，太奇怪，太奇怪了！"

第6章
影子城

那天晚上大家都睡得很好。他们看着这个神奇的"影子城"的灯光一直到很晚。塔拉开心地离开了，从船上轻轻一跃，就跳到了河岸上。大家去清凉的甲板上准备睡觉的时候他都没回来，比尔十分担心他会一去不回。

但是，第二天早上，杰克被有人捣鼓引擎的声音给吵醒了——是塔拉，在引擎旁进行着他的工作。因为在"影子城"玩得很晚，所以他现在看起来衣服又脏又乱。杰克站起来，伸展着胳膊腿儿，塔拉看到了，冲着他咧嘴一笑。

"塔拉去'影子城'了。"他冲着河岸上点了点头，说道。杰克记起了昨晚令他们十分震惊的神奇的"影子城"，立马跑到船的另一端去看。

这座城市太不同寻常了，他叫比尔一起过来看："比尔，比尔，快来看一看。"

比尔被叫醒了，也和杰克一起朝着这个分布杂乱的"影子城"看去。比尔感到非常惊奇。

"有点不对劲儿，"他说，"看那些高楼——不知道为什么总感觉不是真的——还有那边建的是宫殿还是什么？我觉得也有些奇怪。是不是缺了另一面？杰克，你的望远镜呢？借我用用。”

杰克把望远镜递给他，比尔盯着"影子城"看了一会儿。"不明白，真的搞不明白，"比尔放下了望远镜，说道，"这座城市的建筑组合非常奇怪——有一些小棚屋、老房子、高楼，那座宫殿，还有一座看着很像古老的寺庙——人群四处穿梭，还有骆驼群，还有……我真的搞不明白。"

"那我们吃完早饭去那儿看看吧。"杰克说道。

"当然，我们当然要去了，"比尔说道，"'影子城'不是一个小村庄——它很大——但为什么我的地图上没有标示？我昨晚又看了另一张地图，也没有。杰克，去把其他人叫醒。"

大家很快吃完了早饭。看到河那边如此古怪的城，艾莉阿姨和其他人一样，也非常惊讶。

"那座宫殿看起来很新，"露西安盯着岸边的那个地方，说道，"但是照理说，它应该有几千年的历史了，早就应该变成废墟了。"

早饭过后，大家都上了岸，留下塔拉一个人照看着船。琪琪像往常一样站在杰克的肩膀上，话很多，路过的人都被她逗乐了。

"关门！"琪琪霸气地命令道，"叫医生，小鹦鹉感冒了。阿嚏！"

她打喷嚏打得太真实了，露西安几乎要把手帕递过去了。很快，杰克就不得不让这只小鹦鹉闭嘴，因为他发现有一群激动的小孩子跟在他们后面，欢快地指着琪琪。

他们走近这座"影子城"——比尔突然惊叫了一声："这不是一座真正的城市，都是假的！所有的高楼和寺庙都是仿造的！看看这个，只有前头一面，后面没有东西！"

他们好奇地盯着看。比尔说得没错，是假的，前头只有薄薄的一面，从远处看就像一个真的寺庙——但是后面除了板子、帆布和撑着的木梁，什么都没有。

他们继续往前走，看到一些建得还不错的小屋，里面摆着很多稀奇古怪的物品。还有一些搭建简陋的、卖各种东西的小棚子，一个卖香烟，一个卖饮料，还有卖食品杂货的。

令人感到奇怪的是，这里混杂着来自不同国家的人。男男女女或走或跑，穿梭其中，大多数穿着松垮的欧洲服饰——另一些人，穿着柔顺的长袍，也在其中走着。小孩子们几乎不穿衣服，横冲直撞地到处乱跑。

接着，在拐角处，他们看到了奇妙的一幕。一支由穿着华丽的男人们组成的队伍！他们缓慢地走着，边走边唱。在队伍里面，一群身穿古代长袍的女人们围着一张床。上面躺着一个非常漂亮的女人，床被四个高大强壮、皮肤黝黑的奴隶抬着。

比尔和其他人站在那儿，盯着眼前的景象——然后比尔听到一阵呼呼的奇怪响声。他想去搞明白是什么发出的声音——突然惊叫一声。

其他人都看向比尔。他咧开嘴笑了。"我明白了！"比尔说道，"我现在弄明白所有事情了，为什么之前没想到呢！'影子城'没有在地图上标着，是因为一年前制作地图的时候它还没建起来呢！看到那些大摄像机了吗？那是影视摄像机——他们在拍电影！"

所有的人都惊呼了出来，然后开始激动地谈论着。

"是的，肯定的，这座城是专门拍古装电影的！"

"我们之前怎么没想到呢，这就解释了为什么那个寺庙除了前头的一面，就没别的了！"

"这也解释了为什么这里混杂着不同国度的人。"

"而且，这儿其实应该叫'影视城'，不叫'影子城'！"杰克说道，"一座影视拍摄的城——'影视城'。"

"太有意思啦！"菲利普说道，"比尔，我们能自己逛逛吗？看，那儿有人在练杂技——他往后弯下腰，手居然能抓住脚腕！"

比尔大笑起来："好吧。你们可以去好好逛逛。我猜这个地方肯定吸引了不少前来表演的人，他们觉得可以凭自己的把戏赚点儿钱。你们肯定会看到一些很有意思的表演。但是一定要一起行动。男孩们，照顾好女孩，别让她们和你们分开。菲利普，我和你妈妈就先走了——我去打听一些有用的信息。"

孩子们知道这句话的意思——比尔想去打探一些关于热亚·尤玛的消息。他很有可能来过这个"影视城"！

孩子们开始自己逛，身后总是跟着几个好奇的、吵闹的当地孩子。乞丐们在他们走过的时候叫住他们，手里拿着各种物品——一盘一盘黏糊糊的蜜饯儿，上面还有苍蝇，让两个女孩恶心得直发颤。篮子里的新鲜水果、在家里集市上也可以看到的花里胡哨的小玩意儿、可能在"影视城"拍过电影的明星的海报……还有各种各样的东西，但是孩子们什么都不想买。

在这里，似乎连特别小的孩子都会说英语——确切地说，是美式口音的英语，因为这里的电影制作公司是美国的电影巨头之一。从人群里很容易分辨出美国人和欧洲人，不仅是根据他们的穿着，还因为美国人走路时总是很快，嗓门也很大。

四个孩子在假的寺庙和高楼间闲逛，好奇这儿正在拍摄什么电影——很明显，应该是《圣经》里的故事。然后他们继续往前走，看到一大排屋子，那边有一小群人正在围观一场十分特别的表演——一个人正爬上一架用刀子做台阶的梯子！

那人赤着双脚，毫不畏缩地踩在刀刃上。随着他爬上刀梯，旁边有两个人唱着怪异的歌曲，还有人开始打鼓。孩子们站在那儿，看得很是着迷。

那个表演者跳了下来，咧着嘴笑起来。他向众人展示他的脚底，证明一点儿都没有受伤。他还邀请观众上前用手去检查刀子的锋利程度，有些人的确这样做了。

他向四个孩子招手，让他们上前检查这架奇特的刀梯并感受一下刀刃——是的，它们非常锋利！孩子们敬佩地看着这个表演者，在他的袋子里放了一些钱。是英国货币，但是那个人似乎一点儿也不介意。或许他可以在周围任何一家简陋的小商店里把这些换成当地的钱。

"这种赚钱方法还真是让我大开眼界——光脚爬刀子！"露西安说道，"哇，看哪，有玩杂耍的人！"

那个杂耍的表演者非常聪明。他拿着六个闪闪发光的球，尽可能快地把它们扔上扔下、扔前扔后，围观的人几乎都看不清了！他敏捷地接住球，让孩子们一脸崇拜地站在原地。随后，他拿出六个盘子，又耍起了盘子，一个一个地扔过他的肩膀和腿中间，盘子一个都没掉下来摔碎。

就在孩子们为他鼓掌的时候，杰克感觉一只手滑进了他短裤的口袋里，他立马转身，抓住了一个瘦小的男孩，但是被他迅速地挣脱逃走了。

"你，小贼！你再偷试试！"杰克生气地大喊，他摸摸口袋，没发现少什么东西——他的反应对这个小贼来说太快了。但对杰克还有其他孩子来说，这仍旧是个教训。

"我们真不应该这么入神地看表演，而忘了保护我们的口袋，"杰克说道，"你怎么没有看到他呢，琪琪，你应该大喊'抓贼'的！"

"抓贼，抓贼，抓贼！"琪琪觉得杰克是让她现在喊，就立马大叫起来。这一喊让所有路过的人都停了下来，惊奇地盯着这只小鹦鹉。一个小女孩立马跑开了。

"她肯定认为琪琪是在说她，"菲利普咧嘴笑道，"我猜她原本是想掏你的小包，露西安。"

就在此时，一种怪异尖锐的音乐飘进他们的耳朵，他们一下子就停住了。"听——这好像是玩蛇的曲子！"菲利普突然兴奋地说道，"快，我们快过去——我一直都想看玩蛇。快点！"

第7章
一个令人惊叹的早晨

杰克、菲利普和露西安连忙朝声音传来的地方跑去，黛娜犹豫着要不要跟着去。

"啊！蛇！我不想去看，"她说道，"我讨厌蛇，我不去了。"

"黛娜，你得和我们在一起。"菲利普有些不耐烦，"比尔吩咐过的！你不需要看，可以转过身。但是你必须得和我们在一起。"

"好吧，好吧，"黛娜不太高兴，"真搞不懂你们为什么想去看蛇，还那么开心——明明是那么可怕的东西！"

黛娜磨磨蹭蹭地跟在后边，但是一直和大家在一起，没有掉队。很快，他们走进那一小群围着看玩蛇的人当中。此时，黛娜转过身去。她眼睛的余光瞥见蛇从篮子里探出身子，来回晃动，便恶心得直想吐。她咽了一两口唾沫，感觉稍微好一点了，但是再也不敢转过来。黛娜只好向外注视着周围混杂的人群。

其他三个孩子都夹在那一小群围着看玩蛇的人中。玩蛇的人看起来非常沧桑，头上缠着头巾，腰间系着一块宽布。他只

睁着一只眼睛，另一只闭着——但是那只睁着的眼睛扫视着四周，目光犀利。露西安觉得自己一点儿都不喜欢他的眼睛——就像蛇的眼睛一样，眨都不眨一下！

这个男人的身边站着他的助手，一个小男孩，除了身体中间裹着一块布，基本上是裸着的。这个小男孩瘦得让人心疼——露西安都可以很容易地数出他所有的肋骨！他有一双明亮、敏锐的眼睛——和蛇的不太像，更像是知更鸟的眼睛——露西安这么觉得。小男孩开始给大家介绍起篮子里的蛇，他的语速非常快。

他讲话时混杂着当地的语言和美式英语，听起来很怪异。孩子们勉强听懂了一半，但是拼拼凑凑大致也能明白——在篮子里的是一种非常危险的蛇，剧毒无比，即便是一个成年人，被咬一口，十二小时内也就没命了。

"它这样向前冲，"小男孩反复念叨，并且用胳膊模仿了一个蛇袭击人的动作，"它咬人非常快，非常，非常，非常快……"

那个坐在圆竹篮边的玩蛇人再一次演奏起奇怪的、不成调子的曲子，孩子们几分钟之前听到过这支曲子。黛娜看到过的那条之前缩进了篮子里的蛇现在又探出头来，观众们都屏住了呼吸，注视着这个看起来很邪恶的蛇头。

露西安悄悄地跟杰克说："杰克，这个就是旅馆经理告诉过我们的那种蛇——浑身绿色，还有红黄斑点——看呀！它叫什么名儿来着？"

"哦，好像是——巴尔瓜蛇，我记得，"杰克说着，观察着那条蛇，"哇，真是一条漂亮的小家伙儿！但是看着很邪恶，难道不是吗？看它来来回回晃动着身子好像在凶狠地盯着大家看。我的天哪，这儿还有一条！"

第二条蛇此时也舒展开了原本蜷缩着的身体，慢悠悠地探出头来，从一边望到另一边，似乎在四处打量。

观众群里有一些人稍微挪动，离玩蛇的人近了一点儿。旁边那个小男孩助手就立马尖声叫喊起来："退后，退后，退后！你们想被咬吗？这蛇咬人很快的，非常，非常快！"

一群人害怕得立马退后了。玩蛇人继续他那怪异的乐曲，不停地吹着他的短笛，一只眼睛紧紧盯着观众们的反应和举动。此时，第三条蛇也直起了身子，来来回回晃动着，仿佛在和着音乐起舞。

小男孩用一根棍子敲了敲蛇的头，它就又一次缩回篮子里了。

"这是一条非常邪恶的蛇，非常危险。"小男孩严肃、真诚地解释着。其他两条蛇仍然晃荡着。突然，玩蛇人变了曲调，曲子的声音更大，节奏更快了。其中一条蛇摆动得也更快了，小男孩在它头上举着棍子，仿佛时刻准备着去阻止它。

那条蛇一头撞向棍子，就在此时，它迅速地从篮子里滑出来冲向人群，谁都没有来得及阻止。

人群中立马响起了尖叫声和惊呼声，所有的人纷纷退后。小男孩飞速地向蛇跑去，把它抓起来，扔进了篮子里。人群中立刻传来了一片赞叹声、掌声和欢呼声。玩蛇的人慢慢地站了起来，拍了拍小男孩的脑袋。

"他救了你们所有人！"玩蛇人说道，接着又用当地的语言迅速地加了一些话，"他很勇敢。蛇可能会咬到他的。他真勇敢！"

"多好的孩子！"一个美国人的声音响起，满是欣赏，"这儿，孩子——接着这个！"他把一张一美元的钞票扔到地上。小男孩像蛇一样迅速地跑过去捡起来，点头致谢。

看到那个美国人这么做，其他人也纷纷把钱扔给小男孩。他把所有的钱都捡了起来，塞进用腰上那块布折成的袋子里。

那个玩蛇人对这一切并不在意。他在忙着给装蛇的篮子盖上盖子，准备离开。

杰克把手伸进兜里，也打算投个硬币，但令他惊讶的是，菲利普拦住了他。"别，别给，"菲利普说，"这整个就是个骗局。"

杰克十分惊讶地望着他："骗局？怎么会呢？那个男孩多勇敢啊！你不是听到旅馆经理告诉过我们吗，这些巴尔瓜蛇剧毒无比！"

"我告诉你，这真的是个骗局！"菲利普压低了声音，说道，

"我同意，那些是巴尔瓜蛇，非常危险——但它们现在连只苍蝇都伤害不了。"

"你这是什么意思？"露西安问道，一脸震惊。

"跟我来，我告诉你们。"菲利普说。他们退出了人群，来到了黛娜旁边。杰克不耐烦地看着菲利普。

"快点，告诉我们为什么这是个骗局？"

"你们发现了吗？当那些蛇在篮子里晃悠的时候，它们一直是闭着嘴的！"菲利普说道，"它们一直没有张开过嘴，露出分叉的舌头，就连它们被棍子打头的时候都没有——你们知道的，用棍子打蛇头通常会激怒它们，而且会让它们想要咬人！"

"是的——现在仔细想想，它们确实是一直闭着嘴的，"杰克说，"但是这有什么关系呢？当时如果有机会的话，那条逃跑的蛇可能会很容易地张开嘴攻击人。我在想为什么它没有攻击那个小男孩。"

"大家听我讲，"菲利普说道，"之前看到那些蛇自始至终都没有张嘴，我就有些怀疑。当其中一条'逃跑'出来的时候——我十分肯定这个'逃跑'是事先安排好的，也是整个骗局的一部分，你们懂的——所以呢，当那条蛇逃出来，爬到我们附近的时候，我特意看了一眼。你们猜怎么着，那条可怜的小东西被缝住了嘴！"

其他三个孩子惊恐地看向他。"缝住了！"露西安喊道，"天哪，太残忍了！这当然也就意味着那个玩蛇的人是绝对安全的——他不可能被咬到，因为那些蛇根本不可能张开嘴咬人。"

"当然了，"菲利普说道，"之前我一直搞不明白那个玩蛇人的骗局究竟是什么样的。那条逃跑的蛇被扎扎实实地缝住了嘴——我都看到线了。这些蛇很有可能先是被麻醉了，然后就在它们被麻醉的时候，那个男人把它们的嘴缝了起来。"

　　"但是那样它们就不能吃饭喝水了，"露西安感到一阵恶心，"太残忍了。怎么会有人做这种事情呢？"

　　"这么说来，那个男孩也没那么勇敢。"杰克说道。

　　"是呀，这就是我想告诉你的，"菲利普说道，"那个男孩被训练得有了一丁点儿特殊的勇气。你们也看到了这勇气是怎么用来骗钱的，不是吗？我的老天，这么无情的骗局！把蛇嘴缝住，还用它们来赚钱，真是太可怕了！"

　　"我真高兴刚才没有冲他扔钱。"杰克说道。

　　"我真高兴刚才我没有看这个表演。"黛娜说道。

　　"真为那些蛇感到惋惜，"露西安说道，"一想到它们我就难过。"

　　"我也是，"菲利普说，"那么漂亮的小家伙儿——那可爱的明亮的绿色，还有那些闪闪发光的红黄斑点。真想养一条做宠物。"

　　黛娜恐惧地看向他："菲利普！养条蛇做宠物——还是条毒蛇，你敢！"

　　"别生气啦，黛娜，"杰克觉得很好笑，"你知道的，比尔是绝不可能允许菲利普养一条巴尔瓜毒蛇的！开心点儿！"

　　"我们在这儿买些冰激凌吃，你们觉得怎么样？"露西安说道，她一下子觉得自己可以吞掉至少三个冰激凌，"我嘴里又干又热。"

"我们找个好点儿的地方，"杰克说道，"那儿怎么样？"

他们走到了杰克所说的小店门前，往里面看了看。屋里干净明亮，里面摆着的小桌子旁坐了许多美国人，其中还有两三个穿着戏服的演员。

"这地儿应该不错。"菲利普说着。他们走了进去，屋里的人都望向他们，尤其望向杰克——当然是因为琪琪这只小鹦鹉了，她像往常一样，站在杰克的肩膀上。

每张桌子上都有一个小小的按铃键，顾客要是决定了想要什么东西就可以按下去，服务员就会过来。杰克看了看他的桌子然后按了一下铃。

"叮咚叮，叮咚叮，"琪琪听了这个铃声，突然喊道，"猫咪在井底，快找医生！"她突然咯咯地大笑起来，然后又重复起刚才的话来，"猫咪在井底，喵呜喵呜，猫咪在井底，叮咚叮！"

周围突然安静了下来，所有的人都惊讶地盯着这只小鹦鹉。这时，琪琪继续发出声响。她咳嗽着，像一只老山羊。杰克在她嘴上敲了敲。

"好啦！琪琪，别再显摆啦！"

"这真是一只了不起的鹦鹉，小家伙们！"旁边传来了一个故意拉长调子的美国人的声音，"你们想要卖她吗？"

"当然不卖！"杰克很是气愤地说道，"闭嘴吧，琪琪，你又不是在开演唱会！"

但是琪琪沉浸在自己的表演中，很开心一下子有这么多人关注她。她正得意地进行着那奇妙的表演。突然间，一个男人走了进来，坐在孩子们那一桌的位子上。

　　"你们好呀！"他说，"我肯定认识你们！你们是比尔老兄家的吧？他和你们一起来的吗？"

第8章
又是那个玩蛇的人

四个孩子惊讶地看着这个男人。他穿得很好，脸上是健康的棕褐色。他微笑地望着他们，露出一口整齐的牙齿。

一时没有人回答。只有琪琪朝一边耸起脑袋，和这个男人讲话。

"比尔！比尔棒棒，快点付账！比尔笨笨！快去开门！"

"啊，真是一只神奇的鹦鹉！"这个男人说道，伸出手想去抚摸它的冠毛。琪琪飞快地啄了他一下，男人立马变了脸，表情和刚才完全不一样。

"怎么了？"男人摸了摸自己被啄的手指，似乎想要暴怒，但是又忍住了，又一次向孩子们露出一个微笑，"你们怎么都不说话了？我问你们和谁一起来的，是我的老朋友比尔吗？"

杰克和菲利普迅速地踢了踢两个女孩的腿。他们都记起比尔说过的话了。如果他们被问问题的话，绝对不能泄露任何信息。

"我们是和妈妈一起来这儿的，"菲利普说道，"本来我们都生病了，所以这次旅行其实是为了来疗养身体的。我们刚坐船经历了一次短暂的河上旅行。"

"噢，我明白了，"那个人说道，"你们不认识叫比尔的人吗？"

"当然认识啦。"黛娜说道，把两个男孩吓了一跳，"我们知道比尔·希尔顿——你指的是他吗？"

"不是。"那个人说。

"那就是比尔·乔丹喽，"黛娜说。男孩们看到她眼神闪烁着，一下子就明白了这全是她编出来的。于是他们也加入进来，尽情地往下编。

"他可能指的是比尔·庞加——是吗，先生？"

"或者比尔·提波斯——那个家伙有六辆车呢，四辆大的，两辆小的——他是你说的比尔吗？"

"可能他指的是比尔·肯特。你认识的，杰克，妈妈经常叫来扫烟囱的清洁工。"

"或者，你指的是比尔·普隆克，先生？你没准儿认识他——他是做饼干的，他的饼干……"

"不，不，不是，我不是指他——也不是指所有你们说过的这些人！"那个男人急忙打断他们，"没有一个叫比尔的人跟着你们吗？"

"没有。你可以看到的呀，只有我们四个。"杰克说道。

"你们的船在哪里？"那人继续问道。情形一下子变得尴尬起来。杰克绞尽脑汁，想着怎么看起来很自然地结束这个对话。他瞟了一眼露西安，突然装作很急切地说道：

最后的冒险

"哎呀，可怜的露西安，你怎么啦，是不是难受想吐？那我们出去吧，这样会好一些。"

露西安立马领会了这个暗示，她站起身来，让她自己看起来很是虚弱。

"是的，好难受啊，把我弄出去吧。"她说着，声音听起来非常虚弱。

其他三个孩子就扶着露西安走出屋子，来到了店门外。

"快溜！"他们一到外面菲利普就立马说道，"我不认为他会跟着我们——但是也有可能。杰克，你这主意怎么想出来的，太棒了，让露西安装病！"

孩子们以他们最快的速度离开了这边的建筑，跑进附近一个空无一人的小棚屋里。他们透过一扇脏兮兮的窗户往外看，观察着刚才那个过分友好的男人。露西安此时嘟囔了一声。

"我觉得我真的好难受，要吐了，杰克说对了！"她说道。但是过了没一会儿，她就感觉好多了，一点儿都不难受了。

"我们的'朋友'来了，"杰克说道，从脏兮兮的窗户当中望过去，"他站住不动了，正朝四周看呢，现在他上了一辆车——他开车飞速地离开了。太好啦！"

"你们觉得他会是比尔说过的热亚·尤玛吗？"黛娜问道。

"不敢肯定，"杰克说道，"尽管他确实有一口洁白的牙齿——你们发现了吗？比尔说过热亚·尤玛牙齿很白。但是我不清楚他胳膊上到底有没有疤，因为他衣服袖子太长了，我看不到。"

"我们告诉了他好多叫比尔的人呀。"黛娜笑道。

"比尔棒棒，快点付账！"琪琪也像往常一样加入了孩子们的聊天。

"我们付啦，小家伙！"杰克说道，"店里的服务员把冰激凌拿给我们的时候我们就付账啦。你当时没看到吗？你这眼神怎么跟蝙蝠似的——什么都看不见！"

"蝙蝠，小蝙蝠！"琪琪欢快地上蹿下跳，"小蝙蝠，小蝙蝠！"

"非常正确，你就像只小蝙蝠！"菲利普说道，大家都哈哈大笑起来。他们走到小棚屋的门口，"你们觉得，现在走安全吗？"黛娜问。杰克点了点头。

"安全，那人不会再尝试从我们这儿获得更多的信息了。他知道我们是在耍他——但是他不清楚我们这样做到底是因为对陌生人谨慎，还是因为我们本来就是那样粗鲁无礼。我们得去告诉比尔这件事，看看他怎么说。我觉得那个男人肯定是听到了什么消息，知道政府有人要来这里调查，所以在盯着新来这儿的人们。"

接下来，他们走出了小棚屋，继续在四处逛逛。他们看到一群摇摇欲坠的小木房子，看起来好像建了很多年了，应该不只是用来拍电影的。

"我们走得有点儿远啦，"杰克说，"我们回去吧——咦，那边是怎么回事？"

突然，一声尖叫传入杰克的耳朵里。他一下子站住了，其他人也听到了。他们还听到了更恶劣的——藤条和棍子打人的声音！

每一次挥棒的声音传来，总会伴随着充满痛苦和恐惧的尖叫声和哭喊声。

"是那个小男孩在喊！"菲利普说道，"他听起来像快被打死了。快点，我受不了了，我们得做点什么！"

他们飞快地绕过小木房子，来到一块空地上。空地上胡乱堆着一些破旧的箱子盒子。后面站着一个男人，正用一根粗棍子抽打一个小男孩。旁边也有一两个人路过，但是没人敢上去阻止他的恶行。

"天哪，是那个玩蛇的人！"杰克喊道，"那是捡钱的小男孩——看，他都被打倒在地了！"

四个孩子向那个怒气冲冲的玩蛇人冲了过去。杰克抓住他的胳膊，菲利普从他手里猛地夺过棍子。那个男人转过身来，勃然大怒。

他叫喊着孩子们都听不懂的一些话，打算夺回自己的棍子。但是菲利普将棍子拿到他够不到的地方："你，你住手！你这个残忍的野兽！竟然把那个小孩打成那样！他到底做错了什么？"

男人又大叫了起来，他仅有的一只眼里闪着危险的光。小男孩抬起了头，向他们大声哭诉道：

"他说我藏了钱，说我抢钱。但是你们看，我什么都没有！"

他打开他腰上折起来的袋子，抖了抖，然后指着那个玩蛇的人："我把所有的钱都给他了，都给了！他说我偷着花了一些，就打我，好疼，呜呜……"

小男孩用瘦弱的胳膊捂住脸，伤心地哭了起来。那个男人又朝他走了过来，想用拳头打他。此时菲利普挥着那根粗棍子跳了出来。

"别碰他，你再打他试试！我要举报你！"

菲利普并不知道他要向谁去举报这个男人，但是他下定决心一定不能让他再打这个孩子。玩蛇的人狠狠地盯着他，眼里露出了凶光。他迅速地跑向放在旁边装蛇的篮子，一脚踢开盖子，蛇立马从篮子里钻了出来，它们又惊又怒。

"跑哇，跑哇，"玩蛇人用英语大叫，"我让我的蛇去咬你们！咬，咬！"

黛娜转过身去，撒腿就跑，而其他人则原地不动。如果菲利普说的是对的，这些蛇的嘴被缝住了，它们不会伤害任何人，根本不需要跑！两条蛇顺着地面，飞快地朝孩子们爬了过来。接下来，菲利普的举动很令人吃惊！他把棍子扔给杰克，弯下腿，跪在地上。菲利普用嘴模仿着什么，发出奇怪的咝咝声，这个声响是他之前在自己家那边用来捕青草蛇的！

蛇立马停住了，它们抬起头来看向这个男孩。接着它们竟然直接朝菲利普滑了过去，用嘴部碰触他伸出来的手。一条蛇还绕着他的胳膊爬上去，把自己悬挂在菲利普的脖子上！

玩蛇的人目瞪口呆地看着这一幕。为什么？这些蛇从来没有对他这样过！它们一直都是躲避着他，因为它们很讨厌他。这些野蛇和发出轻微咝咝声的男孩如此亲近，而他从来，从来

一条蛇还绕着他的胳膊爬上去，把自己悬挂在菲利普的脖子上！

都没见到这些蛇和谁这样过！这个男孩居然一点儿也不害怕！

"蛇！咬他，咬他，咬他！"玩蛇人喊着，脚跺着地面去吓唬这些蛇，让它们去攻击四个孩子。

"它们咬不了，"菲利普讥笑着说道，并用手在这些蛇的嘴边轻柔地抚摸着，"你把它们的嘴缝起来了。你在我们国家做出这么残忍的事的话是会进监狱的。"

玩蛇人勃然大怒，用他们当地的语言大声喊叫着。那个被打的小男孩跑向了菲利普："走，快走！他叫了他的同伙，他们会伤害你们的，快走！"

菲利普迅速地把蛇放下，想着两个女孩的安全。如果这个人的同伙过来惹麻烦的话，那就危险了，他们必须马上离开。"我们最好赶快溜。"他对杰克说。但是，已经晚了！

有三个小青年一听到玩蛇人的呼喊就跑过来了，他们包围了四个孩子，还把黛娜往里面推搡。菲利普脸色很不好，他走上前去。

"让开！"他愤怒地喊道，"让开，不然我们就叫警察了！"

但是这群小青年把他们围得更紧了。菲利普和杰克的心越来越沉重——他们肯定打不过这三个家伙，还有那个玩蛇的人！

但是，勇敢的小鹦鹉琪琪绝对不会允许这种事情发生。她在杰克的肩膀上上蹿下跳，生气地扑腾着，用她最大的声音叫喊。

"警察！警察！叫警察！"琪琪尖叫着，然后又模仿着吹起了警哨，"呜呜呜呜！呜呜呜呜！呜呜呜呜呜！"

第9章
午饭时间

　　琪琪呼叫警察的喊声和她奇妙的警哨声把三个小青年都吓坏了。他们惊慌失措地站在那儿，盯着这只不同寻常的鹦鹉。接着，他们和那个玩蛇人一起，迅速地溜走了。可惜的是那个玩蛇人逃走的时候一把抓起他那蛇篮子——三条蛇都在里面。

　　四个孩子看着他们落荒而逃，总算是舒了一口气。琪琪咯咯地笑了起来，孩子们也都情不自禁地一起笑了。

　　"琪琪，太谢谢你啦！"杰克说道，用手抓了抓这只开心得不得了的小鹦鹉的脑袋，"我猜你应该是听到菲利普说'警察'这个词了，然后就想到了你之前吹警哨的表演。我们真是太幸运啦！"

　　"虽然没有真的警察来，但也把坏人们给吓住了。"露西安说道，"真是我的好琪琪！这是你吹哨吹得最好的一次——比你模仿火车的汽笛吹的哨都好。"

　　"我们该回到船上去了，"菲利普说，"我真不想再像这次一样惹到什么麻烦。如果发生了什么严重的事情，比尔肯定会很生气的。"

他们正要离开的时候，一个小小的身影从木屋后面跑了出来，是那个小男孩。他跑到菲利普面前，握住他的手，向他跪了下来。

"把我带走吧，老大！布拉带着蛇走了，我身上一分钱都没有。布拉是坏人，我不喜欢他，你把我带走吧。"

"我不能带着你。"菲利普说着，轻轻地放下了他的手，"但是我可以给你一些钱。"

"我不要钱，让我跟着你吧，让奥拉跟着你吧！"小男孩恳求道。

"不行，奥拉，我们真的不能带着你。"菲利普说。

"可以的，老大，奥拉就跟着你啦，奥拉可以给你干活。"小男孩说着，又一次紧紧地抓住菲利普的手，"老大，你喜欢蛇，是吗？奥拉可以给你逮蛇！"

"听着，奥拉——我确实喜欢蛇——但不是那些嘴被缝住的小可怜儿，"菲利普说道，"如果它们真能咬人的话就会非常危险。你有家人吗？可以照看你的家人？"

"只有布拉，他是我叔叔。"奥拉仍然拽着菲利普的手不放，这个男孩感到十分局促不安，"布拉是坏人，他打我，你们看，看！"

奥拉露出身上的瘀伤和鞭痕，全身上下都是青一块儿紫一块儿的。这让露西安轻轻地抽泣了起来。

"可怜的小奥拉！"她说道，"我们不能带上他吗，菲利普？"

"不行，露西安，我们不能，"菲利普很坚决，"我们不能带走我们在这儿看到的所有可怜的、被虐待的动物或孩子——那边那只长疥癣的狗、我今天见到的浑身是疮的可怜毛驴、那个又瘦又小的小婴儿，我们看到躺在旧毯子上的那个，记得吗？——他们都需要朋友和救助，但是我们不能每个都救，都把他们带到船上去。对不起，奥拉，我们真的不能带你走。"

"我该怎么办，我该怎么办呢？"奥拉绝望地说着。

"我们会把你带到急救帐篷那里去，"菲利普说道，"我看到过一个，就在附近。那儿的人会照顾你、帮助你的，奥拉。他们会给你清洗伤口。"

奥拉拖着两只光着的脚丫，低着头，伤心地跟着四个孩子走了。他们朝一顶干净的白色帐篷走去，门口站着一个护士，穿着浆得发硬的工作服。刚一靠近，奥拉就溜走了。孩子们听到奥拉边跑边哭，看着这个半裸的小身影消失在了一个小棚屋的后面，黛娜和露西安也眼泪汪汪的。

杰克叹了一口气："我觉得特别难过。我感觉我们让奥拉很失望——但是我真的不知道我们还能做什么。"

"好啦，"菲利普说道，"我们大家回船上吧，我们应该下午一点回去的，现在快到时间了。"

孩子们回到了河边，大家都闷闷不乐。菲利普时刻关注着周围的情况，想看看那个刚才盘问他们的男人有没有跟着，但是并没有捕捉到他的踪迹。孩子们安全地到达了船上，塔拉高兴地向他们打招呼。孩子们都跳上了船，这时候听到了比尔的声音，他在喊他们。

"你们太晚啦。我们都有点担心你们了。快去洗手，我们一起去吃饭。"

在吃饭的时候，孩子们和比尔聊了这一天的所见所闻。"你有没有打听到关于热亚·尤玛那个家伙的消息？"菲利普压低了声音问道，这样塔拉就听不到了。

"什么都没有，"比尔说道，"但是到了'阿拉欧亚'那个地方没准儿我就能发现什么。你妈妈和我就是四处逛了逛，看看这里究竟是在拍什么电影，路上还碰到了我们的一个朋友，后来就回船上来啦。非常无聊。你们呢，你们今天做了些什么？"

孩子们就向他说了今天在冰激凌店遇到的那个男人，他接近了他们而且还问了很多问题，比尔立马坐直了身子。"他没有说出你的姓来，比尔，"杰克说道，"他就一直只是说'比尔'而已。难道他不知道你姓什么吗？"

"他应该不知道。但是他可能知道我的教名，"比尔说道，"你们该不会把我姓什么告诉他了吧？"

"当然没有啦，"两个男孩愤愤地说道。"但是我们确实告诉了他很多叫比尔的人，还问他指的是不是这些人。"杰克补充道，咯咯地笑了起来。

"你们是什么意思？"比尔有点迷惑。

"嘿嘿——我们问他指的是比尔·希尔顿吗——或者比尔·乔丹——或者比尔·庞加——或者比尔·提波斯，那个家伙有四辆大车、两辆小车呢！"杰克说道。

"或者比尔·肯特，那个清理烟囱的人——或者做饼干的比尔·普隆克。"黛娜继续补充道。

比尔仰过头去，哈哈大笑："你们这群狡猾的小猴子！这都是你们编出来的吧。那么，接下来呢？"

"嘿嘿——他问我们的船在哪儿——因为我们之前说了我们是为了养病才来河上旅行的，"菲利普说道，"然后我们觉得这个事情变得有些尴尬了——所以杰克就想了个好招儿，说露西安看起来要生病了，我们就趁机扶着她溜了出去，躲了起来。"

比尔又大笑起来。"幸亏我是和你们这群孩子一拨儿的，而不是敌人一拨儿的，"他说道，"你们真是太聪明了！嗯——看起来这个家伙应该是热亚·尤玛的间谍。他长什么样儿？"

孩子们向比尔仔细地描述着。"听起来不怎么像热亚·尤玛，"比尔说道，"除了牙齿。我不认为他是热亚·尤玛。如果他像这样四处公开走动的话，他就干不了什么可怕的坏事了，因为很容易就会被盯上。但是，没准儿是热亚·尤玛的手下，看起来热亚·尤玛就在那儿，警醒地盯着来这边的陌生英国人，那个人才会问你们关于比尔的事情。谢谢你们没把我姓什么说出来。"

"还有其他消息吗？"艾莉阿姨问道，"你们还做了什么？"

"对啦——蛇呀！"黛娜想了起来，"你说说，菲利普。"

菲利普就把整个事情详细地讲了一遍，一直讲到琪琪大叫警察和吹警哨的时候。比尔眉头皱了起来。

"这种事情你们不该做的，你们知道的，"他说道，"你们很有可能给自己带来大麻烦。你们一定不能再去后街转悠了。"

"我们知道，但是比尔——我们也不能什么都不做，就让那个家伙继续殴打奥拉吧！我们肯定不能这样，对吧？"杰克说道。

"你们两个男孩可以去阻止那个家伙，派女孩们去寻求帮助——这样一来她们就非常安全了，"比尔说道，"即便你们特别愤怒，控制不了情绪，也要先想想你们的妹妹。即便你们想大吵一架，也要挑自己单独的时候，明白吗？"

"明白啦！"两个男孩说道，脸上红红的，"对不起，比尔。"

"对不起，比尔，"琪琪也附和道，"对不起，对不起，比尔。"

所有的人都笑了。比尔换了一个话题。"这儿真是一个奇妙的地方。"他说，向影视城的方向点了点头，"这里的各种各样的建筑被建起来就只用了六个月。你看到他们这儿的集市了吗？"

"没看到，"孩子们吃了一惊，"我们好像错过了。"

"非常好玩的集市——有热闹的小摊儿、赌博游戏、射击游戏、跳舞的小姑娘们，还有各种各样你们想都想不到的玩意儿，"比尔说道，"我敢肯定你说的玩蛇的人就是从那个集市上来的。但我不能确定，琪琪呼叫警察之后他是不是还会冒着风险再回集市上去。对啦，在集市上我们还看到一个表演吞火的人。"

"吞火的人！"菲利普说道，"我好想去看他的吞火表演呀，带我们去吧，比尔！"

"不行，现在不能去。"比尔回答，"我们必须起程去'阿拉欧亚'了。在那儿，我觉得才能真的获得热亚·尤玛的消息。你们想去看吞火表演的话，只好下次啦。对啦，你们还看到一个爬刀梯的家伙了吗？我们回来的路上看到了他的表演。"

"是的，我们也看到他啦，"杰克说道，"真希望我们能在影视城多待一段时间——虽然这里有很多奇奇怪怪的事儿，甚至还有肮脏丑陋的事情发生——但是这里真的很有意思！"

比尔站起身来，装满烟斗儿，然后喊着塔拉的名字："塔拉，我们吃完饭了。大概过一个小时我们就起程去'阿拉欧亚'吧。我们应该能在六点左右到那儿。我们今晚就在那儿过夜吧，当然啦，我是说在岸上过夜。"

"好的，先生！"塔拉一边过来收拾盘子，一边回应道。孩子们洗漱好了，躺在甲板的篷子下面开始读书。比尔给了他们一些关于周围村庄风土人情的书，告诉他们这些书读着非常有意思。他们坐船顺河而下，所经过的那些村子居然有几千年的历史文化！

那天下午的河上旅行非常舒服，大家都感到很愉快。随着小船顺畅无阻地向前行驶，影视城立马被落在了后面。塔拉在快六点的时候提醒大家。

"我们到'阿拉欧亚'啦！"塔拉喊道，他的发音仿佛是用舌头唱出来的，"您知道这座古城吗，先生？它叫'阿拉欧亚'，意思是'国王的通道'！"

第10章
那天晚上

塔拉熟练地停船靠岸，在一个木板建成的小码头上安顿了下来，将船拴到旁边的柱子上。那儿已经有一两只小渔船了。岸边的树枝叶繁茂，几乎伸到了水中，孩子们透过树影可以看到一些低矮的被粉刷成白色的小房子的轮廓。炊烟在傍晚的空气中笔直地上升，周围一点儿风都没有。

"'阿拉欧亚'是'国王的通道'，塔拉这么说是什么意思?"黛娜问道，"比尔，你给我们的书上也这么说——但是书上并没有讲为什么。"

"我没指望这个名字能意味着什么，"比尔说道，"除非这是从古代传下来的名字，这个国家大部分地区都是有几千年文明的遗址。"

"就像《圣经》里的'吾珥城①'一样历史悠久?"露西安问。

①吾珥城，《圣经》中提到的一座古城，是亚伯拉罕（《圣经》中犹太人的始祖）的诞生地，在两河流域的下游。

"是的，像'吾珥城'一样历史悠久，甚至可能更久！"比尔笑着说道，"在《圣经》里说的'大洪水'，也就是诺亚驾驶方舟①起航之前，这个地方肯定就存在很多壮观的宫殿和庙宇。"

　　"嗯，是的。'国王的通道'没准儿真的有什么意义，"黛娜说道，"这儿可能有一条金子做的通往某个宫殿或者庙宇的通道，我希望书上能说得更多一点儿。比尔，这种感觉真奇妙啊，是不是？——想象着七八千年前，如果我们从这条河顺流而下，我们可能会路过许多非常宏伟的建筑！所有的建筑都高耸入云，在阳光下闪闪发光！"

　　"我们没准儿还能见到'巴别塔②'呢，那个塔通往天上呢！"露西安说，"我们能见到吗，比尔？"

　　"从这条河不行。巴比伦还很远呢，"比尔说，"看哪，夜幕降临了，星星也出来了！"

　　"我们现在可以透过树林，看到在那些小房子外面的火光了，"黛娜说道，"我好喜欢这里的夜晚。村庄里的那群小房子

---

① 和前面的"大洪水"都是指《圣经》中诺亚方舟的故事。创造世界万物的上帝见到地上充满败坏、强暴和不法的邪恶行为，于是计划用洪水消灭恶人。同时他也发现，人类之中有一位叫作诺亚的好人。上帝指示诺亚建造一艘方舟，带着他的妻儿。同时神也指示诺亚将牲畜与鸟类等动物带上方舟，且必须包括雌性与雄性。

② 巴别塔，《圣经》中说，人类联合起来兴建希望能通往天堂的高塔。为了阻止人类的计划，上帝让人类说不同的语言，使人类相互之间不能沟通，计划因此失败，人类从此各散东西。此事件，为世上出现不同语言和种族提供解释。

看起来非常漂亮——但是我知道，如果我过去坐在附近，它们看起来就不那么漂亮了。真是可惜啊！"

"可气！"小鹦鹉琪琪立马喊道，"可气，可气，可气！"

"我没说'可气'，琪琪，"黛娜说道，"我说的是'可惜'，别这么没礼貌！"

"可气！"琪琪抻直了脖子扯着嗓门喊道，"可气，可气，可气……"

"安静一点。"杰克说着，敲了敲这只小鹦鹉的脑袋。

"可气！"琪琪又一次叫唤着，接着发出一阵笑声。塔拉也笑了，他突如其来的大笑声让大家都吓了一跳。塔拉觉得琪琪是他见过的最有意思的小东西，他常常会给琪琪送来一些好吃的。他现在就给她送来了一个——一个菠萝罐头。琪琪一只脚抓住罐头，然后把果汁摇晃了出来。

"别这样！"黛娜说道，"我可不想让菠萝汁溅到我脖子上，琪琪，你乖一点！"

"乖乖，乖乖，小乖乖！"琪琪叫道，轻轻地啄着菠萝罐头，"乖宝宝，乖娃娃，乖孩子，乖鹦鹉，乖……"

塔拉又一次大笑起来，比尔打个手势让他走了。如果可以的话，塔拉能站在那儿看这只小鹦鹉看一晚！

"你今晚或者明天要上岸吗？"艾莉阿姨问比尔。

"可能是今晚，"比尔说道，"我想要去约谈的那个人白天都不在的，无论如何我今晚都要去找他聊聊，当然是在周围没有人的时候。"

大约晚上九点，比尔就出发了，像影子一样消失在树林里。他已经被告知怎么找到那个他想见的人，某个村民会领着比尔去那个人的房子，他的房子建在一个大仓库的边儿上。

过了一会儿，艾莉阿姨说想要上床睡觉了："真不知道为什么这儿的空气让我那么困，你们也上床睡觉吧，孩子们——记得挂上蚊帐。"

黛娜已经哈欠连连了。她和露西安在离艾莉阿姨不远的地方支起了蚊帐，把它搭在了甲板的床垫上方。男孩们却一点儿都不困，他们两个在船头耷拉着腿，窃窃私语。而塔拉——他的呼噜声在船的另一端都能听得见。

"我在想比尔那儿有什么进展，"杰克压低了声音说，"我们要等他吗？"

"最好别等了吧。他可能要很晚很晚才回来呢，"菲利普说，"我们也上床睡觉吧。现在都十点半了。我们的蚊帐呢？噢，你已经拿啦。行啦，我们睡吧。"

杰克和菲利普在垫子上躺了下来，在燥热的一天过后，他们非常享受此刻的凉爽。他们躺在那儿，感觉四周静悄悄的，只能听到河水拍打船身的轻微的声音，一只夜鸟突然地鸣叫，还有一条鱼在黑暗中跳进水里的声音。

啊！比尔回来了！菲利普听到有人悄悄地爬上了船，尽量不弄出声响。他正等着听比尔倒一杯橙汁，在睡觉前喝上最后一杯呢，比尔总是这样做。但是菲利普接下来再也没有听到什么声音了。比尔肯定是决定立马上床睡觉了。

突然，另一个轻微的声响让菲利普立马坐了起来。那是比尔吗？怎么听起来感觉不像他？比尔身材高大，又很强壮，不论怎么努力不发出声音，他总会弄出一些声响。要是比尔的话，声音肯定比现在要大！但是如果不是比尔——这人会是谁呢？

　　菲利普不声不响地从垫子上迅速起身，把蚊帐撩到一边。他坐在船的甲板上又仔细地听了听——有人偷偷摸摸地在船上走着，而且还赤着脚！

　　这人肯定不是塔拉。虽然塔拉也赤着脚，但是菲利普可以清晰地听到他从船的另一头传过来的呼噜声。难道是那个向他们打听比尔消息的人，是他过来探路了？或者，是那个玩蛇的人，过来报仇了？不可能，绝对不可能！

　　菲利普又听了听。一个轻微的声音传到他耳朵里，这次是在下面的船舱里。那人正悄悄地往甲板上爬，只有星光给他照着前面的路。

　　菲利普来到船舱的出口旁再次听着，那儿有梯子直通下面的船舱。是的，下面有人——听起来像是有人在翻找吃的，还有喝的！这声音像是有人在喝东西。

　　菲利普觉得这很有可能是岸上树林那边村子里的人。他该怎么做呢？叫醒塔拉？再爬到船那边可能有点费事儿，而且塔拉被惊醒了很有可能会大叫，这样的话就给了那个小偷逃走的时间！

　　突然，菲利普想到一个非常棒的计划。他完全可以关上船舱的门，把这个小偷逮住！于是菲利普使劲儿地想把舱门关上，但是这门被系得非常紧，他推不动。菲利普决定悄悄爬回去，叫醒杰克。他们俩一起的话就可以对付那个人了。

他轻轻地爬了回去，时不时地停下来听听那个人又弄出了什么声响。他刚爬到半路就感觉后面有声响，于是又停下来听了听。但是没有，什么声音都没有。

他继续往前走，拐个弯儿就可以通向床垫子那边了。突然，一个黑影从角落里走了出来，走到了星光里。

菲利普看着这个黑影就直直地站在他面前！那个黑影似乎在看他，而且好像认得他！黑影向菲利普扑了过来，一把紧紧地抱住他，菲利普挣扎着想要摆脱。

"老大！"黑影叫道，"老大，奥拉跟着你呢。奥拉在这儿，老大，奥拉在这儿！"

奥拉的声音把所有的人都惊醒了——所有的人，除了呼噜打得正响的塔拉。艾莉阿姨立马坐了起来。杰克从垫子上跳了起来，却被蚊帐给缠住了。黛娜和露西安也坐了起来，心跳加速。究竟发生了什么事情？

杰克打开了手电筒，黛娜也在找她的手电筒。艾莉阿姨从蚊帐里钻出来，用自己的手电筒照向发出声响的地方。她的手电光照到一幕奇怪的景象。

菲利普站在甲板上，瘦小的奥拉在他面前跪了下来，他的胳膊紧紧地抱住了菲利普的膝盖，可怜的菲利普都不能动了。

"放开我！"菲利普喊道，"你把所有的人都吵醒了。你到底为什么来这儿?"

"奥拉是你的,老大,"一个弱小的声音响起,"奥拉属于你,别赶奥拉走。"

"菲利普,这究竟是怎么一回事儿?"艾莉阿姨问道,"比尔在哪儿呢? 他还没回来吗?"

"没呢,妈妈!"菲利普说道,"这是我们从玩蛇人手里救出来的那个孩子,我告诉过你——那个坏蛋殴打他。他好像一路跟着我们到这儿了。"

"奥拉跟着船,一直跟着,一直跟,奥拉跑着。"奥拉说道。

"我的天哪! 真难以想象他是怎么跟着船一路过来的。"杰克说道,"可怜的孩子! 菲利普,他好像下定决心要跟着你了。奥拉,你饿吗?"

"奥拉在下面吃了东西。"可怜的小孩子说着,指了指船舱的门,"奥拉两天,三天都没吃东西了。"

艾莉阿姨用手电光照着奥拉,突然惊叫了出来:"我的天,他浑身上下都是瘀青和伤痕——他瘦得跟竹竿儿一样。可怜的小家伙! 他真的一路跑着跟在我们的船后面吗,菲利普?"

"看起来好像是的。"菲利普回答道。他心里一下子对这个小家伙充满了愧疚和怜爱。他真不敢想象奥拉是怎么一路沿着河边艰难地跑过来的,怎么一直紧紧地跟上船的——肯定又饿又渴又累又疼! 而这一切仅仅是因为菲利普从他那个可恨的叔叔那儿救了他! 可能以前从没有人对他这么好过吧。

就在此时,又有一个声音从岸上传来了:"哎哟,你们大家一直都没睡呢？不会是为了等我吧！"

是比尔！他跳上船，一下子惊奇地停住了脚步——他发现一个陌生的小男孩跪在甲板上。

"这究竟是怎么回事儿？发生了什么？"他问道，"这是谁呀，大半夜的过来探望我们？"

第11章
奥拉和他的礼物

一听到比尔洪亮的声音，奥拉立刻吓得蜷缩起身子，菲利普能感受到他在颤抖。菲利普把奥拉扶了起来。"好啦，"他说道，"别害怕！比尔，这是我从玩蛇人那儿救出来的孩子。他一路跟着我，在岸上跑，一直跑到了这里。"

比尔震惊地盯着奥拉。"但是，他这么做不合适！"比尔说道，"大半夜爬上别人的船！他偷什么东西了吗？这里的一些小孩子刚学会走路就被大人教唆着偷东西。"

"他从船舱里拿了一些食物。他说自己已经两三天没吃饭了，"露西安说道，"比尔，他似乎想跟着菲利普。我们接下来该怎么处理这件事儿呢？"

"他必须离开，"比尔的语气非常坚定，"这只是一个为了上船的骗局。肯定是他那个玩蛇的叔叔让他这么做的，等着瓜分他偷的东西！你，现在赶快走，快点！"

奥拉害怕得几乎走不动路了。他放开了菲利普，磕磕绊绊地在甲板上挪动着，朝码头走去。当他经过艾莉阿姨身边时，她伸出手扶住了这个颤颤巍巍的小男孩。她温柔地转过他的身子，这样奥拉就背对着比尔，站在了她的手电光里。

"比尔，你看！"艾莉阿姨说道。比尔看到了令人心酸的一幕——这个可怜的小孩子瘦小的身体上布满了瘀青和伤痕。比尔大声惊呼。

"我的老天！谁干的？可怜的小家伙，他看起来真是饿得够呛。过来，奥拉。"

奥拉听到比尔的声音稍微温柔了一点儿，感到安心了，他朝比尔走了过去。比尔拿手电筒对着他，奥拉眼睛眨了眨。"你为什么来这里，奥拉？"比尔问道，声音仍然很严厉，"告诉我实话，我不会伤害你的。"

"我来找他的。"奥拉说着，指了指菲利普，"我把他当作我的老大，奥拉要跟着他。奥拉给老大带了礼物。"

比尔盯着他看了看。除了那块缠在他腰上的脏兮兮的布，奥拉什么都没有拿。

"你并没有带礼物，"比尔说道，"你为什么要骗人呢，奥拉？"

"奥拉没骗人，"小男孩说道，"我的老大，他说他喜欢蛇。非常非常喜欢蛇。所以奥拉带了一条。巴尔瓜蛇！"

接下来的事情让所有的人都吓了一跳，奥拉把手伸进他的腰布里，提溜出一条细长的、蠕动着的绿蛇，浑身遍布明晃晃的红黄斑点！

"这蛇的嘴没有被缝住！"杰克叫喊出来，"大家小心！小心！奥拉，你这个笨蛋！这是条毒蛇，被它咬一口你就会死的！”

黛娜飞一般地奔向船舱门，然后迅速地跑了下去，把自己锁在橱子里，浑身颤抖。一条巴尔瓜蛇！当地最毒的蛇之一！奥拉是怎么把它像皮带一样绕在自己腰上的呢？黛娜觉得非常恶心。

奥拉仍然拿着那条蛇，它在奥拉的手上盘旋着，张开了大嘴露出它分叉的舌头。

“把它扔下船去，奥拉！”比尔大声喊叫，“我的天哪，把它扔下船去！你疯了吗？”

“奥拉给老大带的礼物。”奥拉非常执着。他举着蛇给菲利普递过去，而菲利普立马往后一缩。他确实喜欢蛇，也不怕它们。但是拿着一条毒蛇，而且是一条受到惊吓、充满愤怒的毒蛇——除非他疯了！

“把它扔下船去！你这傻瓜！”比尔大声叫喊着，很怕有人会被咬着。

“这蛇不咬人的，”奥拉说道，“所有的毒都没有了，你们看！”

接下来，奥拉居然使劲儿掰开了蛇嘴，把大家都吓了一跳。菲利普弯下身子往里看了看，突然觉得这条蛇可能就像奥拉说的那样，一点儿毒都没有。他在寻找蛇的毒腺和那条导向蛇牙的管子——当蛇咬人的时候，毒液就是通过毒腺和导管吐出来的。

四周一片静寂。菲利普又检查了一遍。“这条蛇没有毒了，”

他说着，并淡定地从奥拉手里接了过来，"有人把蛇从毒腺到牙齿输送毒液的那个管子给切除了。真是一个残忍的花招！因为这样就意味着这蛇三四个星期后就活不了了。奥拉——这是谁干的？"

"一个老太婆，"奥拉回答道，"奥拉告诉她我老大想要巴尔瓜蛇，她就给了奥拉这条。安全的蛇，不像被缝住嘴的那种。老大，你喜欢这条蛇吗？"

菲利普现在正用他独特的"动物"声音和这条蛇交流。这条蛇在他手上渐渐安静地躺了下来。

"可怜的小家伙！"菲利普说道，"都是因为我你才会受伤的！你现在没有毒了，但是你也因此活不了多久了。接下来的日子你就和我在一起吧，我保证你死之前的生活是很快乐的。奥拉，你以后再也不要对蛇做这种事情了，太残忍了！"

"是的，老大。"奥拉恭顺地说。他又害怕地朝比尔瞅了瞅。"奥拉可以留下吗？"奥拉乞求道。"奥拉是老大的人，奥拉属于老大。"他指着菲利普诚恳地说道。

"好吧——至少你今晚可以留下来了。"比尔说道，对眼前发生的这一切感到筋疲力尽，"跟我过来吧，我叫醒塔拉，你可以和他一起睡。"

"去吧，奥拉。"菲利普看着奥拉有些迟疑不定，就冲他说道。奥拉便听话地跟着比尔去了。

"我想给他后背上抹点药膏，"艾莉阿姨说道，"可怜的小家伙！噢，菲利普，我们现在必须要和蛇住在一起了吗？"

"我会把它放在我口袋里的，"菲利普说道，"我不会让它出来的，除非我自己一个人或者和杰克在一起的时候。它绝对没有危害，妈妈。妈妈，我们能让奥拉留下来和我们在一起吗？他可以帮助塔拉做事儿的，我保证他不会惹大家讨厌的。我真搞不懂他为什么这么黏着我？"

"因为你把他从他那个坏蛋叔叔的手里救出来了啊，难道不是吗？"露西安说道。

"看看比尔怎么说吧，"艾莉阿姨说道，"我知道，他会尽力帮助奥拉的。咦，黛娜去哪儿了？"

"没准儿她把自己锁在橱子里了！"杰克说道，"我过去看看。"

黛娜此时还在橱子里待着，她觉得特别羞愧，但是也不敢出来，就一直等着有人能过来找她。这不，一看到杰克，她可算是松了一口气。

杰克决定先不告诉她菲利普要收养那条蛇的事情。要是告诉黛娜，她肯定会和菲利普大吵大闹，把这儿掀个底儿朝天的！这件事儿还是明天早上再跟她说吧，现在所有的人都又累又困，肯定不能这个时候告诉她。

"出来吧，黛娜，"杰克说着，打开了橱子的门，"别担心，那条蛇没有毒。可怜的小家伙的毒腺和管子都被人切掉了，它的牙上就没有毒液流下来了。我们不需要害怕它。"

"我不信，"黛娜说道，"它还是有毒的，肯定是你为了让我出来编的故事！"

"我没有编故事，黛娜，是真的！"杰克说道，"快点出来，现在大家都要上床睡觉了。奥拉去和塔拉睡了，他下定决心一定要跟着菲利普，那可怜的小家伙！"

黛娜觉得那条蛇肯定跟着奥拉走了，她同意从橱子里出来，再次来到甲板上。所有的人都在蚊帐里面安顿了下来，不一会儿就进入了梦乡。这真是一个不同寻常的夜晚！

过了一会儿，塔拉的打呼声又响了起来，一个瘦小的身影挪到了杰克和菲利普睡觉的地方。是奥拉！他想靠近自己的老大！奥拉在菲利普脚边的甲板上蜷缩了起来，闭上了眼睛。奥拉真的非常开心，心里也安稳了。他和老大在一起！他要保护老大！有他在，没有坏人能靠近他的老大——菲利普！

早上，塔拉像往常一样第一个醒来。他记起来昨晚发生的小插曲，于是开始找奥拉。这个小子居然离开了！塔拉点点头，非常满意自己的推测——他告诉过比尔先生这种小孩子不是什么好孩子的，但是比尔先生说："他留下，让他和你一起睡吧。"现在这个小孩逃跑了，塔拉是对的！

塔拉准备着早饭，计划着该跟比尔说什么："先生，塔拉是对的，塔拉说的是实话，那个小孩逃走了！"

当看到奥拉蜷缩在菲利普的脚边的时候，塔拉非常惊讶，甚至还有点小失望。他用脚踢了踢奥拉，这时候小奥拉一下子爬了起来，做出要保护菲利普的架势。

"你赶快回原来的地方去！"塔拉用他们当地的语言严厉地说道，他把声音压低不想吵到其他人。塔拉朝他自己睡觉的地方点了点头。奥拉摇摇头，在菲利普的边上又坐了下来。塔拉举起手好像要打他，奥拉敏捷地逃开了，找地方躲着他。

但是，塔拉一走，奥拉就又回到菲利普旁边了，坐下来看着熟睡的老大。

奥拉的脸上充满着骄傲和崇拜，菲利普要是看到这一幕一定尴尬死了。

那条蛇被安安稳稳地放在旁边的篮子里。奥拉用手指刮了一下篮子，轻轻地逗弄这条小蛇。这蛇发出咝咝的声响，尝试着逃出来。

"你是我老大的蛇了，"奥拉用当地的语言煞有介事地跟蛇说话，"你属于老大，奥拉也属于老大！"

一场争吵在早饭的时候爆发了，因为黛娜知道了那条蛇现在是菲利普的了，而且菲利普还要养着它。当蛇从菲利普的袋子里探出头来向外张望的时候，黛娜发出了一声尖叫，所有的人都被惊吓得跳了起来。"菲利普！我不准你养这条蛇。你知道我有多讨厌蛇。比尔，告诉他不许养蛇。比尔，我真的很讨厌蛇。你要是说菲利普可以继续养蛇的话，我就回旅馆去！我一分钟都不想待在船上了。"

"好吧，黛娜，"比尔温柔地安慰她，"没有必要那么生气啊。如果你那么难受的话，我不会阻止你回去的。我会让塔拉送你回去，顺便给旅馆经理带个信儿。你在旅馆里肯定没什么问题的，而且听说他们旅馆这周住进了两个非常好的英国老太太，她们是来这里画画的。她们肯定会好好照顾你的。"

黛娜几乎不敢相信自己的耳朵。什么！比尔居然会真的让她回去——独自一人——而不是命令菲利普不能养蛇！

"那我现在把塔拉叫过来，行吗？"比尔问道。

黛娜的小脸儿一下子红通通的，眼里含着泪水望着比尔。"不，"她说道，"不，我宁愿忍受菲利普养蛇，也不要离开你们。你知道的，你赢了，比尔。"

"好姑娘，黛娜！"比尔夸赞着，脸上露出了微笑，"现在——让我们想想今天要做些什么呢？还有，我们该怎么处理奥拉的事儿呢？"

第12章
奥拉的好消息

　　奥拉被送去和塔拉一起吃早饭。塔拉对他一点儿都不友好，把他看得死死的。塔拉不是不喜欢孩子，只是他老觉得这个男孩在船上不会有什么好事儿。

　　奥拉竭尽全力地去讨好塔拉——他仔细听着塔拉说的所有的话。当塔拉让他说话的时候，他才说，一切都听从塔拉的命令，而且用他最快的速度为塔拉跑前跑后。

　　当塔拉摆弄引擎的时候，奥拉悄悄地离开去看菲利普了。他坐在角落里，眼睛紧紧地盯住菲利普。奥拉注意到菲利普额头前面有一小簇头发，就跟黛娜的一样，还注意到他的开怀大笑，以及他给他的妈妈，也就是艾莉阿姨帮忙时的样子。

　　奥拉心满意足地点了点头。这就是他的老大，他从来都没有遇到过一个像老大这样让他愿意付出所有忠诚的人。奥拉从来都不知道自己的妈妈是谁，是什么样儿的，他刚生出来她就死了。而他的爸爸——奥拉很恨他，因为他就像布拉，他的坏蛋叔叔一样残忍。当奥拉的爸爸离开的时候，他就把奥拉送给了布拉。从此，这个可怜的孩子就一直被利用着、被使唤着——去帮助他的坏蛋叔叔玩蛇。

之后，奥拉便在布拉的手底下，开始了悲惨的生活，而且情况越来越糟。但是现在——哈哈，现在可好啦！他选对了他的主人，他的老大菲利普。而此时，菲利普正坐在不远处，仔细地在听他们的大老大比尔讲话。奥拉心满意足地拍拍吃饱了的肚子，想着他给老大的礼物。菲利普把那条蛇藏到了自己的口袋里——或者他身上其他的地方，是的，在他的衬衫里面！奥拉可以看到菲利普时不时地把手伸进衣服里面，好像在抚摸着什么东西。

突然间，奥拉听到比尔先生说到了自己的名字。他说："我们接下来该拿奥拉怎么办呢？"

奥拉的心怦怦地跳个不停。拿他怎么办？比尔先生是什么意思呢？他们会把他扔下船去吗——或者把他交给警察？奥拉身子前倾，迫切地想要听到他们的谈话——就在此时，一只强有力的大手伸了过来，提溜着他的脖子把他猛地往后一扯。

是塔拉！"你在这儿干什么呢？"塔拉用当地的语言凶巴巴地说，"一大早儿就懒洋洋地坐在这儿，你这个小懒骨头！快过来帮我做事儿！"

奥拉狠狠地瞪了塔拉一眼，但是不敢违抗他的话。比尔刚才说的话还萦绕在奥拉的耳边："我们接下来该拿奥拉怎么办呢？"

比尔和其他人在讨论这个问题。比尔打算把奥拉放到岸上，给他一些钱，然后送他去他的亲戚家。留个孩子在船上怎么行，肯定会给他们带来很多麻烦的！

艾莉阿姨倒是想给这个孩子一个机会。"至少让我们把他喂饱一些，喂胖一点儿再让他走呗。"她说道，"奥拉这个小家伙实在是太可怜了。一想到他用那双无辜又害怕的大眼睛看着我，但是他所有的期待到最后只是一个打击，我就不忍心啊。"

"他会给菲利普带来麻烦的，"比尔说道，"我知道在他们孩子的世界里，如果有人特别喜欢某人、黏着某人会是怎样。菲利普肯定每天都会被烦死的！"

"我可以接受奥拉的，"菲利普说道，"我不介意的。"

"你们其他孩子呢？你们怎么想？"艾莉阿姨看了看周围，问道。

"我们都很喜欢奥拉。"露西安说道，孩子们都点头表态，"我们会让奥拉帮着做事情的——塔拉也会让他忙起来的！只要塔拉习惯了，他就会喜欢奥拉的，我知道他会的。别把奥拉送走，比尔！求你啦！"

黛娜坐得离菲利普很远很远，她努力让自己不去想那条可怕的蛇现在正在菲利普身上。对于这件事情，她仍然感觉非常沮丧，但是她尽量让自己理智一些。比尔对黛娜的表现很是欣慰，他转向了黛娜。

"你也同意吗，黛娜？"

黛娜点点头："是的。我希望他能变干净一点儿，还有，不要瘦得那么皮包骨，但是，我挺喜欢奥拉的。"

"哦哦，好吧——这个我们倒是可以解决。很快，奥拉就不会那么脏那么瘦啦。”比尔说道，“我会给他一次机会的。我会告诉塔拉让他负责给奥拉洗澡的事情，而且会给他一块干净的围腰布。我现在就把奥拉叫过来。奥拉，奥拉！”

这个时候奥拉正在帮塔拉捣鼓引擎，他吓了一跳，连手里拿着的金属丝都给扔掉了。他迅速地朝比尔他们跑过去，心脏怦怦直跳。他要被赶走了吗？

他在比尔面前站住，眼角耷拉着不敢看他。“奥拉，”比尔说道，“我们会给你一个机会让你留在船上，塔拉让你做什么你就做什么，明白吗？我是这条船的大老大比尔，塔拉可以算是二老大！”

“大老大万岁！大老大你是大好人！”奥拉叫喊着，眼睛里闪闪发光，“奥拉好开心，奥拉一定会做好工作的！”

奥拉看看菲利普，脸上露出大大的笑容。“我终于可以留在老大身边啦！”奥拉对菲利普说道，“奥拉跟着老大，奥拉为老大服务！”

比尔又把塔拉叫了过来。“塔拉，过来一下！”塔拉立马就到比尔跟前了。很显然，他一直在旁边偷听着他们的谈话。塔拉向比尔行礼，然后站在一边等着比尔的指示，表情很是严肃。

“塔拉——奥拉会留在船上，加入我们的河上旅行。你负责照顾他，给他洗洗澡，让他吃饱，确保他不去偷东西，给他点儿事情做。之后再向我报告他表现的好坏。”

塔拉再一次向比尔行了礼，没说什么。他瞥了一眼奥拉，这小子此时和菲利普站得很近，正弓着腰，伸着脑袋，听着菲利普在说什么。

"就这些，塔拉，"比尔说道，"今天我们就顺流而下，在哪儿停我会告诉你。"

"好的，先生。"塔拉说完就离开了，脸上仍旧带着一丝不开心。突然，他听到自己的名字又被叫了。

"塔拉，塔拉！塔拉，塔拉！"塔拉又迅速地跑了回来。这次叫他的居然是琪琪！这只小鹦鹉实在是憋不住了，她要说话！

"塔拉！稍息，立正！一、二、三、四、五、六、七，前进，前进！呜呜呜呜呜！"

琪琪模仿的警哨声让大家吓了一跳，尤其是奥拉，他吓得差点从甲板上掉下去。塔拉一下子忘记了刚才的沮丧，哈哈大笑起来。他在甲板上犹犹豫豫地不肯走，开心地听着这只小鹦鹉滑稽地说着什么。

"别吹哨了，琪琪！"艾莉阿姨命令道，"太吵了，这声音在我脑袋旁边一直响！"

"吵，吵，吵，炒饭！"琪琪跟着念叨，非常享受自己给大家带来的欢声笑语，"吵，吵，吵……"

杰克狠狠地敲了敲她的嘴巴，这只聒噪的小鹦鹉一下子就不敢出声了。她飞到角落里，默默地自言自语。

"塔拉，把奥拉带过去吧！"比尔说道，"先把他从头到脚好好清洗清洗，他实在太脏了。"

这对塔拉来说倒是个新鲜事儿。他之前没怎么觉得奥拉有什么脏的。他立马朝奥拉那边瞥了一眼，假装自己看到了非常恐怖的东西。他满脸嫌弃地皱起鼻子。

"脏，"他鄙视地说道，"太脏了。呸！"

"呸！"琪琪开心地重复着，从刚才的角落里摇摇摆摆地走了出来，"呸，呸！脏脏，呸呸！"

塔拉又爆发出一阵大笑。他一把拽住奥拉的手，把他拽走了，尽管奥拉一路都很抗拒，想甩开他的手。

当他俩走远，听不到大家谈话的时候，杰克转向比尔。

"昨天晚上有什么有趣的事情发生吗？"他问道，"我的意思是，在'阿拉欧亚'，有什么事情发生吗？你昨晚回来得很晚，不是吗？"

"是的。但是没发现什么，"比尔回答道，"那个我必须去联系的人昨天很晚才回家，我不得不等他到很晚。当然啦，他认识热亚·尤玛，他觉得他最近肯定在搞什么事情，因为他又不见踪影了，没人知道他去哪儿了。"

"这个热亚·尤玛不见了踪影，他会去做什么事情了呢？"艾莉阿姨问道。

"很明显的是，他对'影视城'很感兴趣，"比尔说道，"他经常去那儿——他在那儿的一家豪华酒店里有一间房。听酒店的人说他其实曾经是个演员，对演戏非常感兴趣——当然，这也可能只是个幌子，为了遮掩他的其他行动。"

"是的——但是我敢确定他曾经是个演员，"艾莉阿姨说道，"你们看到的他的那些照片——他装扮成了不同的样子！我觉得他肯定每次也会穿着不同服装、装出不同的声音。"

"你说得对，"比尔说道，"鉴于他曾经是个演员，对电影感兴趣，那他时不时地消失十天半个月的去哪儿了呢？他绝对是做什么坏事了！我敢肯定！"

大家陷入了一阵沉默。"那他做了什么坏事呢？"杰克问道。

"我这里有一张单子，记录了他以前做过的一些坏事儿。"比尔说着，掏出了一个笔记本，"大规模走私军火——意思是他非法售卖枪支弹药，提供给那些愿意出高价购买的人。他进行过间谍活动——他很聪明，但是现在没有任何政府愿意用他，因为他们不相信他——如果敌对方给他更多的钱，他就会立刻背叛。"

"这个家伙！"杰克说着，摸了摸趴在他膝盖上的琪琪。

"除此之外，他还干走私的行当，"比尔说道，"而且他还干得非常成功。大规模的走私曾经让他差点儿成了千万富翁——后来有人出卖了他，尽管他花了大价钱贿赂别人让人顶包，但他最后还是进了监狱。当然了——这些事情都只是他所作所为的一小部分。据说他现在已经没什么钱，也没什么朋友了，接下来他决定要搞个大事情，大干一场！"

"你觉得他搞的这个大事情是要在这儿进行的吗？"菲利普问道，"你怎么去阻止他呢？"

"阻止他就不在我的工作范围之内了——我的工作只是向政府报告而已，"比尔说道，"如果他所做的事情没有威胁到我们国家或危害经济贸易，政府是不会出手阻止的。但是如果他在这儿非要给我们惹麻烦的话——比如把军火卖给一些恐怖组织企图挑起战争，让我们所有的人都陷入危险之中的话，那我们就不能坐视不管了。"

"你昨天晚上没发现什么吗？"艾莉阿姨问道，"查到下一个我们要去的地方了吗？叫什么名字？"

"一个叫作'尤拉拜得'的地方。"比尔说道，"昨晚我去见的那个人说，热亚·尤玛在那儿有艘摩托艇，而且经常会开着摩托艇在这条河里游荡——所以，很明显，他常去的地方应该就在这条河上或者附近的某处。好啦，我们最好现在就出发。杰克，你去看看塔拉准备好了没有，告诉他船可以开慢一些——今天天气不错，我们可以慢悠悠地欣赏一下沿河的风景！"

杰克迅速地跑到船的另一端。

"现在能开船了吗，塔拉？"杰克喊道，"什么？你可以啦？好的！我们出发喽！"

第13章
下午茶之后

这一天的旅程非常美好。太阳像往常一样晒了一整天，塔拉驾船一直沿着河右岸行驶，因为河岸边的高大树木可以在船开过的时候为他们提供些许阴凉。他们一路经过了岸上的很多村庄，当地人只要一看到有船经过，就会跑出来，挥舞着胳膊冲他们大声喊叫。

奥拉在塔拉的命令下一直忙这忙那，菲利普直到下午休息的时候才看到他。炽热的阳光让船不得不始终在树荫下行驶，最后塔拉把船停在了树荫下。大家此时都有些呼吸不畅了，于是比尔让大家稍微休息一下。

奥拉偷偷摸摸地又挪到菲利普和杰克躺着的有阴凉的角落里，蜷缩在离他们不远的地方。他看向菲利普。

菲利普也看到了他，冲他咧嘴一笑。奥拉一下子就变得很开心。"老大，"他小声说道，"奥拉在这儿保护你，你安心休息吧！"

尽管其他人都在船上，包括呼呼大睡的塔拉，奥拉却一直醒着，无论听到什么声音，他都会警惕地向四处瞥去，但是他的目光最后总会折回来，落到菲利普睡得红通通的脸上，目光里充满了崇拜和关爱。奥拉一看到那条长得很邪恶的巴尔瓜蛇从菲利普的衬衫里探出头来，他就会很骄傲地微笑起来。啊——他的老大把自己送给他的礼物保存得很好，老大甚至都把这个礼物紧紧地贴在胸前。

他们打算度过一段美好的下午茶时光。在午休过后，每个人都神清气爽，想要吃些饼干，喝些东西。艾莉阿姨只要了一杯茶，其他人都要了柠檬汁。

塔拉一起来就发现奥拉又不见了，他压低嗓音叫奥拉回来，奥拉一听到塔拉很凶的叫声，吓得立马从菲利普跟前离开，赶紧回去听他差遣了。实际上，塔拉对奥拉这个小男孩非常满意——但是他嫉妒奥拉一有机会就可以坐在孩子们那边。塔拉可不敢这么做。

奥拉对船的引擎很感兴趣，他居然能掌握所有的技术细节——塔拉感到非常吃惊。"奥拉想开船！"下午茶过后，奥拉说，"奥拉知道怎么开！"

"不行，休想！"塔拉立马回绝，"别再要什么花招了，奥拉，要不然我就直接去告诉我们的大老大比尔先生，告诉他：'把这个小坏蛋扔下船吧，他不是什么好人，先生！'你听见了吗，奥拉？"

"我听到了，二老大！"奥拉立马回答道，他非常害怕塔拉会去向比尔说自己的坏话，"奥拉给您把这儿的油清理一下，我会擦干净的，您看行吗？"

当然行了——塔拉是非常欢迎奥拉为他去做任何脏活累活的！塔拉唯一觉得有些不好的是，这个小男孩又要变得脏兮兮的了。塔拉可是对今天早上的"战绩"非常自豪——他负责给奥拉彻底地洗了一个澡，把这个小脏孩弄得身上没有一丝污点！当他狠狠地搓到奥拉身上瘀青的时候，可怜的小奥拉疼得大喊大叫！

"好啦——你看，没有脏东西了，现在！"给奥拉洗完了，塔拉满意地说道，"你身上太多脏东西了，奥拉，太多太多了，真是个小脏孩儿！"

奥拉洗完澡后，看起来好多了——干干净净的，他原本乱成一团的乌黑的头发现在顺滑地被梳到了后边，一块崭新的亮蓝色宽布被裹在他的腰间。奥拉站在那儿，非常开心。

比尔一行人终于来到了"尤拉拜得"，一个看起来风景很不错的村子。它并不在河边儿，离河岸还有些距离。船停到了一个很大的码头里。他们到那儿的时候已经有一些小船停在那儿了。

"我要上岸了，"比尔说道，"孩子们，你们要和我一起去吗？让你们的妈妈清净一会儿，我们这一群人真是挺吵闹的，你们知道的！"

于是，孩子们和比尔一起跳上了码头，飞快地向岸上跑去，船上只剩下了塔拉、奥拉还有艾莉阿姨。塔拉觉得非常烦闷，他也很想上到岸上逛一逛。既然他不能去，奥拉也别想去！他给奥拉安排了一个很费时间的活儿。奥拉很生气地瞪着他，决定等到塔拉转过身去不再看着他的时候就开溜，或者，最有可能的是，等塔拉睡着的时候。塔拉有这样一个不同寻常的天赋——他能在任何时候任何地方睡着，无论那地方有多么不舒服。

"尤拉拜得"是一个很大的村子。这儿的那些低矮的被粉刷成白色的房子，都有可以让人躺在上面的屋顶，房子外面还摆着村民们平常用来做饭的灶台。一群穿得很少的小孩子看到比尔一群人进了村子，一开始还有些害羞和害怕，后来胆子渐渐大了起来，好奇地打量着这几个陌生人。

比尔走进了这个村子里最大的房子——原来是当地的一个学校。这里的老师十分友好，他有一张老好人的脸，感觉十分睿智和亲切。他见到比尔似乎很惊奇，但是当比尔向他出示了一张卡，并且压低了嗓音说了一些什么，他就立马让比尔进去了。

杰克他们四个孩子就被留在了外边四处闲逛。鹦鹉琪琪没有像往常一样大喊大叫，她这次出奇地安静，盯着周围这群好奇地瞪大了眼睛的村里的孩子，不断地打量着他们。

这时，一个十二岁左右的男孩从人群里走了出来，手里拿着一沓明信片。他把其中一张拿给杰克看，然后指向远处，用力地点着头，不停地说着什么。

四个孩子都凑了过来盯着这张明信片。上面的照片是一座非常非常古老的寺庙的废墟。这座寺庙在几年前被发现和挖掘出来，那时有一个著名的考古学家带领着一个考古发掘队来到这里。

"这是哈娜尔女神的神庙,"菲利普读着明信片上的字说道,"看起来很有意思。我们要不要去看一看呢?反正现在比尔正忙着,也没时间顾及我们。嘿,你,伙计——这神庙离这里多远?多远呢?"

那个男孩不会说英语,但是他猜到了菲利普在说什么,打着手势告诉他们自己可以带他们去那儿。

于是四个孩子便跟着这个男孩穿过树林,走过农田。他们的后面也跟着一群人——那些好奇又兴奋的村里的孩子,他们十分确信自己很快就要拿到小费了。

而在这群人的后边还有一个小小的身影跟着,他躲在大家都看不到的地方——是奥拉!原来他等塔拉睡着了,就马上离开了船到岸上来找菲利普他们了。他一路打听,问村里人有没有见到他的朋友们,在村里人的帮助下,他现在终于看到老大他们了,但还是不敢加入他们。

那群村里孩子开始向前不断地靠近他们四个人,杰克有些不耐烦地看看周围,"退后!"他说道,"退后,你们听到了吗,我说——退后!"

但是过了一小会儿,这群村里孩子又推搡着开始往前靠了,这时候琪琪站出来帮了杰克他们一把。

"退后!"她命令道,"退后,退后,走开,走开,退后!"接下来,琪琪露了一手她平时的拿手好戏——模仿飞机坠毁的声音!这声音一出,把后面这群村里孩子吓得立马躲得远远的。

菲利普大笑起来。"好样的，琪琪！"他赞叹道，"真不知道没有你，我们该怎么办！"

最后他们来到了那座神庙前。景色呢，非常令人失望——这里就是个废墟，根本不是明信片上图片显示的那样！"这里就像我们在'影视城'看到的那些建筑，"露西安说道，"只有前头一面，后面基本什么都没有了。"

"你们过来，看看这儿！"菲利普突然叫道，"看看这些有趣的小虫子，在这儿晒太阳呢——我觉得我的蛇肯定喜欢这些虫子，它现在没准儿非常饿呢。"

接下来，令黛娜惊恐的一幕发生了，菲利普把那条巴尔瓜蛇从衬衫里拿了出来，把它放到离虫子们不远的地上。

黛娜立刻尖叫着往后退。她突然的尖叫声也吓了后面那群村里孩子一跳——后来，当他们看到那条蛇时——那条众所周知的致命的巴尔瓜毒蛇——他们也纷纷惊恐地大叫起来，很快地逃离了现场。

"巴尔瓜蛇！"他们尖叫着，"巴尔瓜蛇！"年纪大的孩子拽着年纪小的孩子全都逃走了，甚至那个给菲利普他们做向导的男孩，在看了一眼地上蠕动的巴尔瓜蛇之后，也迅速地溜了。

"我的妈呀！"菲利普说道，他反而被那群作鸟兽散的孩子吓了一大跳，"他们都又喊又叫地跑走了——就因为我掏出蛇来让它吃个饭？真是太大惊小怪了！"

"这一点儿都不怪他们，"黛娜说道，她也躲得远远的，"我们知道这条蛇是安全的——但是他们不知道！老实讲，菲利普，

"巴尔瓜蛇!"他们尖叫着,"巴尔瓜蛇!"年纪大的孩子拽着年纪小的孩子全都逃走了。

你做这件事真是疯了！无论如何，你都会失去这条蛇的，谢天谢地！你现在把它放了，它肯定不会再回来找你的。”

"如果它不回来，那就随它去吧，"菲利普说道，"但是我敢打赌，它一定会回来的！"

那条巴尔瓜蛇一头扑向地上的虫子们，饱餐了一顿！它还钻入那边树下低矮的灌木丛中，抓了一只小青蛙，一下子整个吞了下去。然后，它居然又朝着菲利普爬了回来！其他人都震惊地盯着这眼前的一幕——这条蛇向菲利普滑了过来，没有一丝犹豫！小蛇从菲利普的腿上蠕动着爬了上去，钻进他胸前衬衫的两颗纽扣之间，不见了。

"啊，我都有点儿恶心了。"黛娜看着这令人恐惧却又移不开眼睛的一幕，说道。

"傻瓜，那你别看了不就得了！"菲利普说。随后，他看了看四周，感到有些担忧。

"咦，我怎么觉着天很快就要黑了呢？几点了？哎呀，我们都没有注意，时间就这样过去了。我们现在要赶快回到船上去，快点，大家走吧！"

但是过了大概十分钟，孩子们觉得好像有点不太对劲。他们停了下来，仔细地观察着周围的情况。

"我们来的时候没有经过这棵被闪电击倒的树吧，我们经过了吗？"杰克有些不确定地问道，"你们有谁记得这棵树?"

没有人回答。"我们最好往后退一些，"菲利普有些焦急地说道，"我们要快一点了。这天眼看就要黑了，我们谁都没有带手电筒！"

于是孩子们又往回走了一段路，然后从岔道口选了另一条路继续走。但是这条路把他们引向了一片树林。显然，这条路也是错的。他们又一次退了回去，此时此刻，所有的人都陷入了极度的惊慌之中。

"我来喊一喊，看看有没有当地的孩子回来找我们。"杰克说道。然后他用洪亮的声音喊了起来："嘿，村里的孩子们，回来，回来，你们听到了吗？有没有人呀！"

"回来，回来，你们听到了吗？"琪琪也随声附和，她的叫声很尖，肯定能让周围半英里内的人听见。

但是并没有当地的孩子跑回来。周围静得什么声音都听不到，只有一只小鸟一直不停地唱着歌。

"我们该怎么办呢？"杰克焦急地说道，"周围连座房子都看不到。天哪，太糟糕了，菲利普！"

"我现在担心的就是这天很快就要黑了，这个地方常常是这样。"菲利普说道。

菲利普正说着的时候，天就黑了，简直像一块黑色的幕布！现在他们是真的迷路了，露西安害怕地抓住了杰克的手。

"我们该怎么办呢？"露西安说道，"我们该怎么办呢？"

第14章
回到船上

　　四个孩子此时正站在黑暗之中，希望星光闪烁照亮四周，这样他们也许就可以看清前面的路了。但不巧的是那天晚上多云，只有当云彩散开的时候，天空才勉强露出几颗星星来。

　　过了一会儿，他们的眼睛稍微适应了周围的黑暗，于是四个孩子往前挪了几步。突然，杰克感觉好像看到什么东西，在不远处小心翼翼地移动着。

　　"谁在那儿？"他立马叫道，"别再靠近了，你是谁？"

　　那个黑暗中的影子快速地向他们靠了过来，一下子扑到了菲利普的脚边。菲利普感觉到他的膝盖被两只手紧紧地抓住了。是奥拉！

　　"奥拉在这儿，老大！"奥拉的声音响了起来，"奥拉一路跟着你们。塔拉说不行，不让我过来，但是我就过来了。奥拉会保护你，老大！"

　　四个孩子都松了一口气，他们几乎说不出话来！

　　"奥拉！我的天哪，我们真没想到居然是你！"菲利普高兴地说道。他拍了拍这个还跪在地上的孩子的脑袋："快起来。见到你我们真是太开心了。我们迷路了，你知道回船上的路吗？"

"我知道，老大，"奥拉说道，老大拍了拍他的头，这让他觉得非常高兴，"奥拉会把你们带回去的。跟着奥拉走吧！"

"你一直在我们后面跟着吗，奥拉？"露西安惊讶地问道。

"是的，小姐。奥拉一直跟着，跟在后面，"奥拉说着，在前面带路，"奥拉保护着老大。"

奥拉似乎有着猫一样的眼睛。他毫不犹豫地在黑暗中前进，选择这条路走，再选择那条路走，最后他们真的回到了村子里！村子此时亮起了灯光，从远处看起来很是神秘。

还是那群村里孩子，一看到陌生人进了他们村子就立刻奔跑着围了过来——但是他们看到还是那几个身上带着可怕的巴尔瓜蛇的孩子，刚围过来的村里孩子立刻害怕得四散而逃，边跑边大声叫喊着："巴尔瓜蛇！巴尔瓜蛇！"

菲利普突然停了下来，他看到那个之前给他们当向导的大男孩了。这个男孩站在离他们还有些距离的地方，默默地注视着他们。他的脸被旁边的火焰照得通红。

"奥拉——你看到那个男孩了吗？"菲利普指着不远处的一个地方，说道，"你去把这些钱给他。"

"不行！老大，这个人不是好人！"奥拉义愤填膺地说。

"快去，奥拉！"菲利普说道，带着一种不容置疑的语气。奥拉只好接了钱，拿着它飞快地跑向那个男孩。通过他生气的声音可以判断，奥拉惹恼了那个男孩，确确实实地惹恼了——但是奥拉最后还是把钱给了他。那个男孩一下子就变得非常高兴，他立马跑回自己家里，激动地叫喊着什么。

"毕竟，这个男孩一路上给我们做向导，让我们看到了那座古老的神庙呢！"菲利普说道，其他人都表示同意，"我的妈呀，这条巴尔瓜蛇怎么惹了那么大动静呢？我做梦都没想到那些孩子居然这么害怕它！"

"等我们回到了船上，比尔肯定会对我们发火的！"杰克沮丧地说道，"他不喜欢我们像这样天黑了还在外边晃荡。"

"希望我们到了船上的时候，他还没有回来。"黛娜说道，她可一点儿都不愿意让比尔再次生气。

于是，孩子们迅速地回到了河边，踏上甲板回到了船上。艾莉阿姨此时正坐在下边的船舱里看书，那天晚上，船舱里不同以往，竟然非常凉快！看到孩子们回来了，艾莉阿姨总算是松了一口气。

"噢——奥拉和你们在一起呀——那就好啦。"看到奥拉的小脸儿和其他四个孩子一样从上面望下来，艾莉阿姨说，"比尔还没有回来呢。你们饿了吗？如果饿了的话，就告诉塔拉，我们就可以吃晚饭了。"

"我们什么时候都饿，"杰克说道，"你都不需要问我们，艾莉阿姨，但是我们最好还是等比尔回来一起吃吧。"

大概过了十分钟，比尔回来了。"你们吃饭了吗？"他问道，"还没呢？好的，告诉塔拉我们开饭吧。我都快饿死了。咦，你们四个小家伙刚才做什么去啦？"

"没什么——我们就是去了一座古老的神庙，但是我们到了那儿发现没什么可看的。"杰克回答道。

"这个地方几年前有很多考古发掘的，"比尔说道，"我是听今天你们见到的那个老师说的——那个很好心又很聪明的家伙。真希望我也能亲自去挖掘一回！"

"你有打听到关于热亚·尤玛的消息吗？"杰克问道。事实上，看到比尔对他们今天晚上做了什么并不感兴趣，杰克大大地松了一口气。他下定决心一定要让比尔继续现在这个"安全"的话题。

"确实有。那个老师对热亚·尤玛很熟悉，而且很喜欢他。他说尤玛真的是一个非常有意思的人，而且知道得很多，天底下就没有他不能聊的话题！甚至是考古——研究古代建筑和遗迹，这么一个很需要学识的话题，他都能侃侃而谈。那个老师似乎觉得热亚·尤玛来这儿是为了研究古老神庙之类的——但是，当然了，他并不是过来考古的。这只是他做其他事情的掩饰！"

杰克突然使劲儿地用鼻子吸了吸。一股极其美味的香气从塔拉做饭的地方飘了出来。是炸鱼！

"是的，"艾莉阿姨笑着说道，"塔拉今天钓了鱼——我们今天晚上就是享用他钓鱼的成果！闻起来是不是很香？"

"我的天，太香了！"菲利普赞叹道，"我们吃了那么多顿冷饭凉菜，我还猜测塔拉不会做饭呢。我敢打赌，奥拉也会非常开心的——他吃着这样的食物，肯定也特别享受。"

"你的话倒是提醒我了——奥拉今天傍晚在你们走了之后也

溜了，塔拉因为这事儿非常生气。"艾莉阿姨说道，"塔拉来找我的时候正生着气呢。但是很明显，奥拉已经做完了所有塔拉交给他的任务，我就没有太在意。我猜他应该是去找你们了，是吗？"

"是的，"杰克说道，"他过来保护他的老大呢！他特别爱黏着菲利普。我真的不明白！"杰克看看菲利普，咧开嘴笑了。

"我也不明白，"黛娜也立马应和着，"我是说——如果他崇拜的人是杰克的话，我倒还可以理解，因为琪琪嘛——但是为什么崇拜菲利普呢？"

他们的谈话被打断了，奥拉和塔拉端着盘子来上菜了。大盘的炸鱼，上面点缀着一些他们不认识的绿叶菜，周围还有很多汁液丰富的蔬菜——看起来真的十分美味，大家一看到端上来的饭菜就都欢呼了起来。看到大家这么满意这次的饭菜，都向自己微笑着，塔拉也开心地咧嘴笑了。

看到这一幕，奥拉心里稍微轻松了一些。他之前被塔拉狠狠地责骂了一顿，而且塔拉还威胁他要告诉比尔先生——他留下了手里的活儿逃走了这件事儿。

但是当奥拉告诉了塔拉，杰克他们四个是怎么在黑暗中迷路，他，奥拉，又是怎么救了他们，最后把他们安全地带回来后，塔拉就不再说话了。他也没有表扬奥拉，因为他很嫉妒奥拉这个小孩所做的事情，但是至少他现在不再责骂奥拉了。

奥拉非常希望塔拉也能让他尝尝这美味的饭菜，所以他表现得非常专心和顺从。塔拉其实并没有生气太久，他早已下定决心，要给这个孩子留一大份今天做的美食。

每个人都吃得很尽兴，包括艾莉阿姨，她平时的胃口很小。"塔拉这手艺，要是在餐厅做厨师一定可以赚很多钱的，"艾莉阿姨评价道，"这是什么酱呀？我从来没有吃过这么好吃的东西！"

"最好不要问，"比尔说道，脸上露出一丝坏笑，"可能是某些特殊的虫子被捣碎了——或者……"

黛娜发出一小声埋怨，刚舀了一勺的酱立马溅了出来。

"不能这样，黛娜！"艾莉阿姨说道，"记得你的餐桌礼仪！比尔，你别说这种事情啦。被你这么一说，我也没有吃这个酱的胃口了。"

"抱歉啦，亲爱的。"比尔有点儿后悔，"我就是开个玩笑而已。我和你们一样，也觉得这个酱真的很美味。啊，塔拉在这儿呢。塔拉，这个酱真的很好吃，它是什么做的？"

听比尔这么一问，黛娜立马用手捂住了耳朵。她觉得肯定是像比尔说的那样，这是，这是用捣碎的虫子或者蜗牛，或者其他什么同样可怕的东西做的。

"先生，这是用牛奶和洋葱制成的，里面还有一种树的树皮，我们当地管这种树叫'莫里阿'。"塔拉说道，他非常开心自己做的东西能获得大家的夸赞，"噢，对啦，还有一些捣碎的——捣碎的——你们管那个叫什么呢？怎么说来着，呃……"

"虫子。"杰克好意地提醒道。

塔拉此时看起来非常受伤："塔拉是不会用虫子的。塔拉用的是——对啦——是捣碎的土豆——非常非常少的土豆。"

所有的人都哄堂大笑。比起比尔编造的那种东西，土豆，听起来真的再平常不过啦。塔拉也笑了。他喜欢给大家带来欢笑，尽管他确实不明白现在大家究竟在笑什么。

"把手从耳朵上放下来吧，黛娜，"杰克说道，"里面只有一些捣碎的土豆，土豆哦——非常非常少的土豆！"

黛娜把手放了下来，听到大家说这个酱没什么恐怖的，她的心情一下子轻松了很多。大家很快就把桌上的饭菜一扫而光，所有的人都感到心满意足。

奥拉拿来了一盘新鲜水果，这是塔拉今天在岸边的一个小村庄里买的。这也是大家在吃了一顿美味大餐之后胃里唯一还能塞下的东西。

当剩下的盘子被清理干净之后，塔拉和奥拉坐下来开始吃他们的饭。奥拉非常高兴。此时，他面前摆着世间最美味的食物，又想到今晚的那场冒险——他保护了他的老大，还把大家安全地带回了船上——奥拉就得意得仿佛要飘起来。

奥拉打算把这次冒险跟塔拉再讲一遍，但是塔拉没有心思听他再讲一遍他的英雄事迹了。他让奥拉一会儿把剩下的一些炸鱼倒进河里。

"鱼会吃这些渣滓，然后鱼就长肥，塔拉钓鱼，我们就又能吃到鱼了！"他把这些解释给奥拉听，奥拉立马懂了其中的道理。

奥拉走到了船头，打算把剩下的盘子清空。突然，他看见另一艘船在黑暗当中闪耀着，它的船头只有一束灯光。奥拉注视着这艘船。它就这样开过去也不和我们打声招呼吗？

这艘小船滑向了岸边，在码头那儿停了下来。比尔也听到摩托艇的声音了，已经朝这边望了过来。一个男人从摩托艇上跳了下来，走到比尔他们停船的地方。他大声叫着："有人在吗？"

"有人，谁呀？"比尔喊道。

"来见你的人！"那边回应道，"我能上船吗？"

"你叫什么名字？"

"热亚·尤玛！"那边回应道。船上所有的人一下子都坐起身来。"我的老天——热亚·尤玛居然来了！"

第15章
热亚·尤玛先生

比尔非常震惊！他陷入了困惑之中，一句话都说不出来。

"嘿，我到底能不能上船呀？"那个声音有些不耐烦，"我听说有一家英国人来到了河上，我很想过来聊一聊。"

比尔从刚才的惊愕中恢复了过来。"好的，上来吧，"他喊着回应道，"你真的让我大吃一惊。我必须承认我没有想到在这个地儿能听到英国人的声音！"

"我们要离开这儿吗，比尔？"杰克压低了声音说道。比尔摇摇头。

"不用。你们最好留在我身边。我不清楚他是不是猜到了我是谁。不管啦，最好还是让他看到一家人在船上吧。他来了！"

塔拉走过去，给这个男人照亮了上船的路。塔拉把他领到比尔一家人的跟前，他们一家人正坐在一顶挂着蚊帐的遮篷下，旁边有一盏大灯照着。所有的人都好奇地盯着他看。

他们看到了一个个子中等的男人，穿着普通的夏装——法兰绒的裤子和衬衫，紧身套衫。他有络腮胡子，戴着一顶白色的亚麻帽子，还戴着像比尔一样的墨镜。

他向大家微笑着，孩子们看到了他的牙齿非常白。他也向艾莉阿姨鞠躬致意。当塔拉把蚊帐收起来的时候，热亚·尤玛向艾莉阿姨伸出了手。他和艾莉阿姨握了握手，又和比尔握了握手。接着，他向四个孩子点了点头。

"啊，你把你的一家子都带来了，我看出来了！"

"是的，孩子们得了很严重的流感，医生说要去个暖和的地方疗养——如果可能的话就去国外——所以我决定带着他们来这儿玩了，"艾莉阿姨礼貌地说道，"我必须说，来这儿度假确实管用，他们好多了。"

"啊——这些孩子都怎么称呼？"热亚·尤玛问道，他又微笑起来，露出了一口白牙。

菲利普替大家都回答了："我是菲利普——这是杰克——露西安——那是黛娜。"

"嗯嗯，这只小鹦鹉叫什么名儿？真是一只不同寻常的小鹦鹉！"热亚·尤玛问道。

"她叫琪琪，"杰克说，"琪琪，这是尤玛先生。"

"擦脚，擤鼻涕，叫医生！"琪琪听起来很有礼貌地说道，但是最后却发出一声尖锐的叫声，把整个气氛都搞坏了。

"别这样，琪琪！"艾莉阿姨说道，"我们现在有客人呢！别闹！"

"您怎么知道我们来了？"比尔问道，同时请了热亚·尤玛坐下。

"噢，消息总是传得很快，你懂的！"热亚·尤玛说道。他直接打量着比尔。"我敢肯定你也听说过我的名字了。"他说道。

"呃——是的，"比尔回应道，皱起眉头好像在努力地想在哪儿听到过这个名字，"对啦，在影视城有人告诉过我一个对拍电影很感兴趣的尤玛先生。"

"噢，那只是我很小的一面而已。"热亚·尤玛说道，喷出了一口烟。"我最大的爱好是考古。"他看向四个孩子，讲了一个他们其实觉得一点都不好笑的笑话，"就是研究约柜①的，你们懂的！"

孩子们十分配合地笑了起来。他觉得他们是谁，开这么无聊的玩笑！露西安尝试着去看他胳膊上到底有没有蛇一样的伤疤，但是他衬衫的袖子太长了，看不到。

"我们今天下午去看了一个古代的神庙，在'尤拉拜得'的外边，"杰克说道，"可失望啦。只有前面一面，没有后面——就像那些我们在影视城看到的建筑。"

热亚·尤玛把杰克的话看成是一个笑话，大笑个不停。"啊，是的是的，"他说，"当然了，考古是会令人失望的。就像是'兔弟弟'的故事，你懂得——'它挖呀挖呀挖，但是都没有挖到肉'。哈哈！"

"我觉得大规模地发掘古城或是其他的一些什么，真的是非

---

① 约柜，又称"法柜"，是古代以色列民族的圣物，"约"是指上帝跟以色列人所订立的契约，而约柜就是放置了上帝与以色列人所立的契约的柜，约柜一直是有极大神秘性的圣殿器具。

常非常费钱的事情，是不是？"看到孩子们都不是很待见热亚·尤玛，艾莉阿姨说道。

"是的，夫人！干这个确实要花很多钱！"热亚·尤玛说道，"我放弃了，真的太费钱了。再说了，干这个其实也一点儿钱都赚不了。唯一的报酬就是激动——就是那种发现古老文明的激动。但是无论怎样，它还是一个很棒的爱好。我决定去把拍电影的兴趣和我的这个爱好结合一下——通过拍电影赚些钱，然后用这些钱来这个古老的国家四处游荡，为下一次的发掘制订地图和计划。哥儿们——你是干什么的呢？你对考古那种事情感兴趣吗？"

"我觉得我就是一个普通人，"比尔小心翼翼地说道，知道自己现在正在被试探——热亚·尤玛在打听他神秘的工作，"但是任何新的经历都会很吸引我。我是写文章的，你懂的，这一阵子我打算写一本书——把很多有意思的事情都放进去！"

听到比尔这么一说，孩子们悄悄地相视一笑。比尔的确在写文章。那是事实——但是这倒是他们第一次听说他要写一本书！比尔要是写的话，肯定能写出一本非常棒的书。他曾经见到过的、做过的事情是那么不可思议。这么一想，孩子们都感到非常自豪，因为比尔和他们分享了那么多他的冒险经历。

"啊——一个作家！一个享受休闲时光的人！"热亚·尤玛说道，"只有你们这些作家和画家才敢离开办公室，周游世界去寻找写作或者绘画的素材。"

孩子们开始觉得烦闷了。现在形势很明显，这个热亚·尤玛根本就不确定比尔是谁，也不清楚比尔出来仅仅是为了度假还是有别的什么任务。可以说，他和比尔其实一直在"交锋"。孩子们觉得比尔这次赢了，因为他们很确信，比尔让热亚·尤玛相信了他是个作家。

"你们接下来要去哪儿呢？"热亚·尤玛问道，"不知道我能否有这个荣幸，可以招待一下你们呢？我有一个小房子，在河流下游那边——实际上，我这次就是要去我的小房子的。我想请你们吃个饭——可能不怎么丰盛——不知道您和夫人是否愿意赏脸光临寒舍？"

比尔脑子里迅速地考虑着这个邀请。他应该接受吗？如果不接受的话似乎很奇怪。嗯——如果他去热亚·尤玛那儿的话，没准儿会找到一些更多的线索。于是比尔点了点头，对他表示感谢。

"谢谢您啊，您人真的太好啦！我们很高兴去。什么时候呢？明天？"

"当然啦，"热亚·尤玛说道，起身打算离开，"明天晚上七点吧，你们觉得怎么样？您的船夫肯定知道查乐多码头吧，我明晚会在那儿等你们，然后接你们去我家。"

"留下来，我们一起喝一杯吧！"比尔假装挽留，"我把塔拉叫来。"

但是这个热亚·尤玛并不打算留下来，他非常礼貌地鞠躬致意。谁都没想到，他刚刚抬脚要往外走，就差点儿被外边地板上蹲着的人绊倒。

他抬脚就踢，一声喊叫响了起来。

"谁，谁在这儿呢？你躺在这儿是为了给我使绊子吗？赶紧从我面前滚开！"热亚·尤玛吼着，突然一下子大发雷霆。他又一次抬脚便踢！

菲利普立刻站了起来，猜测肯定是奥拉像往常一样蜷缩在他的旁边了。

"尤玛先生——他只是给我们船夫帮忙的一个小孩子。"菲利普生气地说道，此刻他立马感觉到比尔的手按了他的肩膀一下，似乎在给他警示。

"真是抱歉，尤玛先生，"比尔说道，"您没有伤到脚吧，我看您刚才踢的劲儿很大。"

热亚·尤玛一时间竟不知道该如何回答比尔，不过他很快地恢复了过来，看起来非常真诚地和大家说了声"晚安"，然后就离开了，塔拉在旁边用灯照着路送他下了船。

"奥拉！如果你总是像这样躲在角落里然后把人绊倒了，你被踢是很正常的！"比尔说道。

"他是坏人！"奥拉说道，"坏人，坏人。奥拉要保护老大不受坏人的伤害！"

"别傻了，"比尔说道，"你对这个人又不了解。你知道他吗？"奥拉摇了摇头："奥拉知道他是坏人。奥拉是这么说了，但是奥拉以前也没见过他。"

"你去找塔拉吧，"比尔说道，"我们不叫你，你就别过来。听到没有？明白吗？"

奥拉默默地离开了，比尔和大家一起重新回到了蚊帐里。热亚·尤玛发动了他的摩托艇，朝着河流的下游驶去，一下子就搅碎了河面上倒映的点点星光。

"亲爱的，"比尔和艾莉阿姨说道，"你感觉我们的朋友尤玛先生怎么样呢？"

"他说的话我一点儿都不信，"艾莉阿姨说道，"他是，他很……"

"狡猾。"黛娜迅速地想到了这个词，大家都点点头。这个词儿真的很适合他。

"你觉得他现在在做什么呢？"比尔说道，"就是他说的那些事情吗？"

艾莉阿姨想了想。"不，"她说，"我觉得他的名声很差，他自己也知道这一点，别人如果觉得他是在搞什么事情，并且去打探的话，他就会非常紧张。我觉得他很有可能是现在手头儿紧，想在影视城先赚点儿钱。他刚才一直强调他在寻找古迹，反而让我觉得他的真正兴趣应该在别的地方。"

"你的意思是他可能是在用考古的兴趣来掩饰他在影视城所做的一些事情？"比尔问道。

"是的。"艾莉阿姨说道。

"我敢打赌他在影视城所做的事情一定是见不得人的，"杰克说道，"很有可能是在集市上进行一些可疑的小交易，或者经营一些商店，也有可能就是拍电影。可能他同时在做很多事情。"

"如果他做的只是这些事情的话，在我看来没有什么大的害处，"比尔说道，"我追踪的是更大的事情——之前我告诉过你们的那些事儿！如果他在搞的事情不过就是在影视城里胡闹，那政府就对他没什么兴趣了。"

　　"那是好事。"艾莉阿姨说道，松了一口气，"比尔，我真的不想让你卷入那些危险的任务中——我总觉得热亚·尤玛这个人可能是个危险的狠角色。"

　　"你说得很对，亲爱的！"比尔说道，"现在很晚了，大家都上床睡觉吧。我去护栏边站会儿，看看外面的夜景。今晚的星星真的非常漂亮。"

　　大家相互道了晚安。他们都很疲惫，脑袋一沾枕头就很快睡着了。比尔沉默地站在船头盯着外面看，他一直在想那个奇怪的热亚·尤玛。接着，他看到一个瘦小的身影从甲板上悄悄地挪了过去，在菲利普他们的垫子那儿停住了。是奥拉去保护他的老大了！

　　当比尔走过去的时候，奥拉害怕地坐了起来，正要默默地回到原本自己的地方。

　　"你可以留在这儿，奥拉。"比尔轻柔地说。奥拉又开心地躺下了。他的老大在睡觉——而他，奥拉，在守护着他！

第16章
第二天

第二天，塔拉驾船顺流而下，开始了这一段距离并不算近的旅程。他们的船向前开得很慢，因为此处距离查乐多码头只有半天的行程，而他们不想那么快到达那里。一路上，他们经过了一些荒凉的村落，基本上都废弃了，没有人居住。

"热亚·尤玛所爱的考古发掘，有一些肯定是在这儿进行的！"杰克说道，"比尔，如果要在这么大的地方挖的话肯定得花好多好多钱——你们看啊！"

"确实，"比尔说道，"但是也有回报的，你明白。不仅仅是沉睡在泥土之下几个世纪的古老城市的遗迹重见天日，还有大量的财宝被发现。"

"财宝！"菲利普惊讶地叫喊出来，"什么财宝！"

"嗯，这个国家的很多地方都有非常古老的建筑，一些国王的墓肯定被建在里面，"比尔说道，"别问我那些国王的名字，我可记不住。"

116

"尼布甲尼撒①?"露西安提示道。

比尔大笑起来:"露西安,看来你把《圣经》记得很熟嘛!是的——尼布甲尼撒很有可能曾经就住在离这儿不是特别远的一座宫殿里,也可能是伟大的萨贡王②!我真的记不清了。总之,当他们死去的时候,他们就被埋葬在华丽的坟墓里,被他们的金银珠宝还有其他的一些宝贝所包围着,比如宝石镶嵌的盾牌,绝顶锋利的宝剑,等等。"

"我的天哪!"杰克激动地说道,"你的意思是说这些东西被挖掘出来了——这些千年前的宝贝?"

"是的,"比尔说道,"这些宝贝后来就分布在世界各地的博物馆里——因为它们的历史价值而被买回来。当然了,它们本身也是很贵重的。我曾经看到过一只雕刻得非常漂亮的金碗,周围一圈儿是公牛的图案。那只碗肯定价值连城,上面还镶嵌着很多珍贵的宝石。"

"那么,"杰克说道;"我感觉热亚·尤玛自己说的那个考古爱好还挺适合他。可以不花钱地白拿那些无价之宝!"

"这你就错啦,"比尔说道,"他们不可能不花钱,白拿那些

---

① 尼布甲尼撒,古代巴比伦王国的国王。历史上有两个尼布甲尼撒,最著名的是尼布甲尼撒二世,新巴比伦王国的国王,在他的首都巴比伦建成著名的空中花园。

② 萨贡王,又叫萨尔贡大帝,是古代阿卡德王国的开创者,是美索不达米亚(两河流域)最早的统一者,古代近东地区最伟大的君主之一。阿卡德语的楔形文字是巴比伦文字的先驱。

宝贝——就像我原来跟你说过的那样，一个考古发掘的配套团队，包括大概五十个工人，还要请来一些专家，可能会花费很多很多钱。我们应该很快就能知道这位尤玛先生到底有没有这样的一个团队了。"

"是呀，我也觉得你很快就能知道了，"杰克说道，"我的意思是——你肯定禁不住会去看看那些大规模发掘的现场，是不是？而且我猜你肯定也会把这个写下来的，哈哈！"

"看啊——那边有一些遗迹。"露西安大声叫了起来，指着对面的河岸，"它们看起来也不是那么古老。你觉得塔拉会知道什么吗？"

"你们要是想问，就去问问他吧，"比尔说道，"但是我不指望他能告诉你们太多东西。"

于是孩子们就去问塔拉了。他点了点头："塔拉知道。塔拉的爸爸在这儿挖过东西。挖宝贝，非常非常多的宝贝。但是没有找到什么，所有的宝贝都没了。"

这些似乎就是塔拉知道的全部了。孩子们又回到了比尔那边，把塔拉说的又一五一十地告诉了他。比尔点了点头。

"我明白了——塔拉的意思是说，负责整项考古发掘工作的专家很有可能原本计划着，在地下一定的深处可以找到帝王的墓室——藏着很多宝贝的墓室。但是当他们下去的时候，墓室很有可能已经被抢掠一空了。"

"那这是谁干的呢？"露西安问道。

"大概是三四千年前的盗墓贼吧，"比尔说道，冲露西安惊讶的小脸儿微笑着，"我告诉过你的，这是一片非常非常古老的土地，有好几千年的历史了。在这片土地下，考古学家们可能会发现一个城市的遗迹上面连着另一个，一个城市建在另一个城市的遗迹之上。"

这对于露西安来说简直太不可思议了——一个城市建在另一个城市的上面！她的思绪飘回到了几千年前，想象着时光穿过她刚刚盯着的那片土地——城市崛起，毁灭，其他城市在废墟上崛起，然后又化为尘土，就这样一个接一个地交替更新着。

她浑身颤抖着。"我不是很喜欢想这个事情，"露西安说道，"我们聊些别的吧，比尔。"

"那么——柠檬汁呢？"比尔说道，"露西安，我们聊柠檬汁可以吗？今天这么热，冰爽的柠檬汁应该是个很合适的话题。"

"喔，比尔——你的意思是要我去给你拿一些柠檬汁吧，"露西安说道，她总是很懂比尔的小暗示，"杰克——菲利普——你们想要一些柠檬汁吗？"

"柠檬！"琪琪又在模仿露西安说话，"柠檬，柠檬，柠檬！萌萌，柠檬！去拿柠檬！打开柠檬！"

菲利普此时放出了他的蛇，让它出来透透气——那条巴尔瓜蛇在他的脚边来回转悠。露西安一点儿都不怕，但是黛娜可受不了。所以男孩们常常选择在黛娜离开甲板，下去船舱里面做什么事儿的时候，把小蛇放出来透气。

"真是一个可爱的小家伙呀，你们不觉得吗？"菲利普赞叹着。他非常喜欢这条蛇绿得发亮的外皮，奇妙的斑纹，就是那个旅馆经理所说的"斑点","不过，它的毒腺管子被去掉了，真是可惜呀，是不是，杰克？"

"呃——我个人觉得，此时此刻，我很庆幸它不会用它有毒的牙咬我一口。"杰克说道。

柠檬汁到了，奥拉自豪地端着盘子过来了。他很高兴地看到那条巴尔瓜蛇在地上游走——那可是他给老大的礼物呢！当黛娜回到甲板上来，看到这一幕的时候一下子就定在那儿不敢动了，菲利普赶紧把小蛇抓回来放进衣服里。

一天就这样开开心心地度过了，尤其是当他们驶进一个水清澈得可以下去游泳的小河湾时。

"你可以下来和我们一起游，奥拉。"杰克说道，"很好玩的！"

但是奥拉很怕水，谁都说服不了这个小男孩下到微热的河水里去。他刚伸出了脚指头碰了碰水，就大叫了起来，好像有东西在咬他似的。他好奇且崇拜地看着菲利普他们游来游去，时不时地还潜到水下。在菲利普下去游泳的时候，他被委派了一个重要任务——拿着那条巴尔瓜蛇！奥拉非常自豪地把小蛇挂在自己脖子上，让它缠绕着。

倒是小鹦鹉琪琪一点儿都不开心。孩子们都抛弃了她，下水玩儿去了。于是她飞到一根突出来的树枝上，对着在水里正玩得开心的孩子们尖叫抗议！

菲利普把水泼洒到这只聒噪的小鹦鹉身上："你好吵呀，琪琪！你的叫声就像你被宰了！"

琪琪扑扇着翅膀，非常生气菲利普用水"袭击"了自己！于是，可怜的小鹦鹉又飞回了甲板，扭着淋湿了的身子朝奥拉走去，想要同情的安慰！但是当她看到那条绕在奥拉脖子上的巴尔瓜蛇的时候，便有些退缩，发出像蛇一样嘶嘶的声音。艾莉阿姨冲琪琪笑笑，把她抱到自己的肩膀上。

"可怜的小鹦鹉，"琪琪在艾莉阿姨耳边说道，"可怜、可怜，小可怜儿，可爱、可爱，小可爱。"

"那么，你到底是小可怜儿还是小可爱呢？"艾莉阿姨大笑起来，"好啦，别难过啦，孩子们很快就从水里出来了！"

"我真希望可以不去吃今晚那顿饭，"过了一会儿，比尔突然说道，"艾莉，我觉得这真是很烦人的一件事，真希望我当时没答应那个尤玛，真希望就像现在这样在船上享受着安宁的夜晚。"

"我也是呀，"艾莉阿姨说道，"别担心——我们也不需要待太久——没准儿我们能打听到什么事情呢！"

船缓缓地顺流而下，驶向查乐多码头。他们到达码头的时候大约六点半。比尔和艾莉阿姨收拾准备了一下，等着热亚·尤玛过来接他们。"你们这群孩子自己吃晚饭，"艾莉阿姨嘱咐道，"读完书以后就像平时一样上床睡觉。我们不会回来太晚的。塔拉会照看你们的。"

"热亚·尤玛来了，"杰克说道，一眼瞥见黑暗中有人拿着灯，朝这边过来了，"再见啦——你们一定要小心点儿！这个热亚·尤玛可不像他看起来那么无辜。"

只听见船外面热亚·尤玛的叫喊声：

"晚上好呀！如果你们准备好了，就请随我去吧。我家离这儿不是特别远。另外，我想你们家的四个孩子愿不愿意去附近的一个小村子看舞蹈表演呢。那儿有场婚礼，表演的舞蹈非常有意思。我的手下可以带他们去那儿。"

"哇，当然愿意——带我们去吧！"露西安喊道，其他孩子也随声附和。

"不可以，我不想让他们去，"比尔说道，语气很坚定，"我更想让他们留在船上。"

"哎呀，别这样！"杰克说道，"放松一点嘛，比尔！我们会没事的，我向你保证，我们一定不会做什么傻事的。"

"我不这么认为，"比尔说道，"我希望你们不要去，村子里面的婚礼一般不适合外人观看——你们去的话很可能也不会受欢迎。"

比尔的语气很坚定，没有一点商量的余地，孩子们觉得非常失望。他们不情愿地向比尔和艾莉阿姨说了再见，看着尤玛手下拿的那盏灯的灯光逐渐消失在树林中。

"真希望我们也能去，"黛娜说道，"有尤玛先生的手下在身边跟着，我们能有什么危险呢？真是的！"

"行了行了，别再想啦，想也没用！"杰克劝道，"我们还是来想想今晚吃什么吧！"

塔拉今晚做的饭菜非常美味。当孩子们正吃着的时候，他们听到塔拉在和一个男人在船头说话。

"是谁呀，塔拉？"菲利普立马问道。

"是加里，尤玛先生的手下，"塔拉说道，"他说比尔先生让他来告诉你们，可以去看舞蹈表演了。他改变主意了，你们可以去喽！"

"哇，太棒了，太棒了！"黛娜非常高兴，大声地喊了出来。其他人也高兴地欢呼了起来。他们迅速地吃完了晚饭，然后把塔拉叫了过来。

"告诉那个人我们好了，可以走了。我们现在去拿羊毛衫，今晚有点儿冷。"

"奥拉可以去吗？"一个怯怯的声音传来。但是塔拉听到了，他有些粗暴地警告奥拉：

"不行！你还有工作要做！比尔先生托加里告诉我不让你去，你得留下来！"

奥拉有些难过和失落。他下定决心要很快地完成工作，然后就能去和菲利普他们会合了。他肯定能很快找到那个村子的。

"再见啦！"露西安对失望的小奥拉说道，"我们不会出去太久的。好好看着船，奥拉。"

奥拉看着他们消失在了黑暗之中。突然，一种说不出来的恐惧感袭上他的心头，总觉得有事情要发生了——有很不好很不好的事情要发生了！奥拉有预感！

第17章
不寻常的经历

　　那个有舞蹈表演的村子距离码头似乎很远。孩子们跟跟跄跄地往前走着，突然，杰克莫名地觉得有些不安。

　　"那个村子还有多远呀？"他问加里，那个拿着灯的尤玛的手下。

　　"很近啦。"加里回应道，语气非常肯定。

　　十分钟过去了，他们连村子的影儿都没见着。杰克小声地和菲利普说着话。

　　"菲利普，我觉得不太对劲，你再问问他那个村子还有多远。"

　　"那个村子还需要走多远呀？"菲利普拍拍加里的肩膀，问道。

　　"很近啦。"加里回答。

　　菲利普停了下来。他此时此刻也有一种不舒服的感觉。他开始想加里说的比尔托他带的消息——让他们去看村子里的舞蹈——是不是真的。如果这只是一个让他们离开船的方法——那么热亚·尤玛会派人去搜查他们的船吧？而且，这也不像比尔的作风，要知道，比尔可是不会轻易改变自己的想法的——尤其是他在走的时候已经非常坚决地告诉他们不要去了。

"走呀！"那个加里说道。他把灯举了过来，正要看看为什么孩子们停了下来。

"露西安——快假装你难受——哭出来，大喊你想回去！"杰克小声对她说。露西安立马就听从了指示！

"杰——杰克！"她叫道，假装要哭了，"我好像生病了，我觉得特别难受。把我送回去吧！呜呜！"

"呜呜呜呜！"琪琪模仿着露西安的哭声，对这个可怜的小姑娘表示同情。

"可怜的露西安！"其他的孩子都说道，拍着她后背，"是呀，你确实应该回船上去。"

杰克走到加里跟前。"我妹妹必须回船上去了，"他说道，"她不好受，你也看见了。我们必须马上回去。"

"不行！"那个男人冷漠地说道，"快走。"

"你难道没听见吗？"杰克生气地说道，"我妹妹病了，你，快点带我们回去！"

"不行，"那个男人说道，"我有命令的。快走。"

"听着，加里，这究竟是怎么回事呢？"菲利普也站在杰克一边，和这个奇怪的人对峙，"似乎有些不对劲儿吧。我觉得你不是要带我们去看什么舞蹈婚礼！总之，我的命令是我们得回去。明白吗？"

加里生气地瞪着他们。他一时半会儿真的不知道该怎么做了。这四个孩子不愿意，他总不能逼着他们去吧。但是转念一想，他也绝对不能把他们带回船上。

孩子们也狠狠地瞪了回去。露西安本来假装的哭声现在变成了真的啜泣，因为她觉得很害怕。

"你必须把我们带回去，"菲利普的声音突然放慢，"看——我这儿有一位重要人物，他会让你带我们回去的！"

菲利普把手伸进自己套在羊毛衫下的衬衫里，轻柔地将那条蜷缩着睡得正香的小蛇掏了出来。他这一轻柔的按压弄醒了这条睡着的小家伙。它感受到菲利普手的触碰，开心地扭动着身体。

菲利普把这条蛇拿了出来，加里在灯光下一眼就看到了这个小东西！他紧紧地盯着它，似乎不太相信自己的眼睛。

"巴尔瓜蛇，"加里倒抽了一口凉气，赶紧往后退，"巴尔瓜蛇！"

"是的，这就是巴尔瓜蛇！我的巴尔瓜蛇！它会听我的指令做事，"菲利普说道，"我要不要告诉它去咬你一口呢？"

看着菲利普手里拿着这条蠕动的毒蛇，加里一下子跪下了，浑身恐惧地颤抖着。菲利普拿蛇指着加里，只见这条巴尔瓜蛇用它那前端分叉的舌头，一吐一吐地朝向加里！

"先生，我带你们回去，"加里用颤抖的声音说道，"行行好吧，先生，把这条毒蛇拿开吧！"

"不行，"菲利普说道，"我要拿着它靠近你，看，就像这样！"菲利普边说着边拿着这条蛇向加里猛地冲了过去，吓得加里赶紧往后退，极大的恐惧感让他摔倒在地上。

"如果你抛下我们跑了，我就会把我的蛇放出去，让它追着咬你。"菲利普继续威胁着加里，以确保他们不会在这黑暗的夜色中，被丢在一个完全陌生的地方。

"先生，我会带着你们回去的。"加里啜泣着说道。

"那好，起来，赶紧走！"菲利普命令道，一直把蛇当作枪一样指着他。看到这条巴尔瓜毒蛇吐着分叉的舌头，轻柔地爱抚着那个男孩的手腕，加里惊恐得颤颤发抖——露西安简直太崇拜菲利普了，他能驯服各种动物，而且让它们都喜欢他！

加里默默地捡起灯，出发了。加里一想到他后面有一条蛇，而且还是剧毒的巴尔瓜蛇，他走的时候腿就一直颤抖着。这个小男孩究竟有什么魔法，能把毒蛇藏在他的衣服里？

他往前走着，和他们来时的路一样，尽管孩子们也不确定这个是不是就是那条路，只能希望是了。两个男孩非常担忧。

"如果热亚·尤玛派这个家伙把我们带到不知道什么地方，还把我们丢下让我们走不出来，他会怎么样对比尔和妈妈呢？"菲利普绝望地想。

他们继续往前走着，过了一会儿他们总算透过树林看到水的银光了——那是河水在闪光。

"真是一条'冒险河'！"杰克突然想到曾经说到的这条河流的名字，"我的天哪，还真是应了它的名字。"

加里用颤抖着的手指着那边的河流。"我把你们带回来了，"他说道，"我能走了吗，求求你们让我走吧。"

"你走吧。"菲利普说道。加里很是感激，他手里拿着灯，急急忙忙地溜了，跑得跌跌撞撞的。

突然，一个人影从树林里冲了出来，扑向了菲利普。是奥拉！

他把头埋在菲利普的膝盖上，一下子哭了出来。"坏人来了，"他说道，"坏人们。我该怎么做呢，我该怎么做呢？"

菲利普惊慌失措，一下子把他拉了起来："奥拉，快点告诉我——发生什么事情了？"

奥拉拉着大家穿过树林到了码头。透过夜晚微弱的星光，奥拉指向河边，菲利普他们四个孩子看向奥拉手指的方向，大为惊恐。

船没了！

"奥拉——这到底是怎么回事？"菲利普摇晃着他，问道。

"来了坏人。坏人们把比尔先生和夫人带到了船上。坏人们逮住了塔拉，把他捆了起来，然后把他扔到一边。坏人们开走了船，朝河那边开走了！"奥拉说着，几乎又要大哭出来。

"怎么会这样！"杰克重重地坐到了草丛上，他被这个消息给镇住了，甚至有些绝望。其他人也瘫坐在了地上。

"奥拉，你是怎么知道这一切的呢？"杰克刚刚缓和了一会儿，问道，"他们怎么没有把你也绑起来呢？"

"奥拉去追老大了。"奥拉说道，"奥拉从船上溜走了——然后就看到了坏人们。坏人们没有看到奥拉。奥拉躲着，奥拉看着。"

"这样，整个事情就很清楚了。"菲利普咬了咬牙，"肯定是热亚·尤玛怀疑比尔知道了太多东西——所以他就迅速出手，把比尔抓住了。妈妈也被抓住了！而我们也会在无人的地方被悄悄除掉。还好有奥拉！"

"还有塔拉，"杰克说道，"塔拉肯定被绑得很痛苦，我们必须去找他，现在，我们到底该怎么做呢？"

孩子们站起身来，顺着河流往下走。奥拉突然指着码头那儿的一个黑影说道：

"坏人的摩托艇，"他说，"他为什么不开走自己的船呢？"

"我觉得他是想隐藏起所有关于我们的证据，还有我们的船，"杰克说道，"我希望他开走的是他自己的船。咦，你们大家听到了吗，好像是塔拉的叫声。"

此时他们听到从不远的地方传来了呻吟声。奥拉突然消失了，接着孩子们听到了奥拉的叫声。

"塔拉在这儿呢！"

大家赶紧向塔拉飞奔过去，他被绑得结结实实，这些绳子很难解开！此刻，塔拉的内心涌动着两种情绪——他觉得自己特别可怜，同时，他也觉得特别气愤！在孩子们设法帮他解开绳子的时候，塔拉焦躁地扭着身子。最后，孩子们切断了绳子，塔拉总算挣脱了束缚。

塔拉把所有发生的事情都一五一十地说了出来，当说到极其气愤的地方时，他不得不停下来，拍拍胸口。尤其是当说到比尔先生和夫人是怎么被拖走的时候，塔拉一想起那场面，就悲愤地大声喊了出来。而他自己则被死死地绑住，像一包垃圾一样被丢了下去。

"听着，塔拉，"菲利普问道，"来的人是热亚·尤玛吗？"

"不是，是别人，"塔拉说道，"尤玛的手下，都是坏人。塔拉冲他们吐口水！"

"他们把比尔和夫人带到哪儿去了？"杰克问道。

"往河的下游去了。"塔拉手指着河流的方向，说道，"我听到他们说'乌堤'。塔拉不知道'乌堤'这个地儿，塔拉快气死了！"

"我们接下来要怎么做呢？"黛娜说道，"我们总不能在这儿过夜吧——但是我们又能去哪儿呢？我们现在去哪儿都不知路。"

"奥拉知道，"奥拉急切地插了一句，他拽了拽菲利普的袖子，"奥拉可以带着大家走。"

他带着大家离开了码头，到了尤玛停着他摩托艇的地方。"看，坏人的船，我们开走，怎么样？"

"奥拉！好主意，你真是太聪明了！"菲利普开心地赞道，"当然行了，这就叫以眼还眼，以牙还牙！我们现在就开上它，到河的上游去！"

"不——我们得到河的下游，那个叫'乌堤'的地方去，"杰克说道，"很有可能像我们去的上一个村子那么远。希望'乌堤'是个不小的村子，这样的话我们就能把消息传给政府了。我们也可以在那儿打听出我们的船的消息。"

"是的——这是最好的办法了，我觉得。"菲利普说道，"塔拉，你会开这个摩托艇吗？"

　　"会的，会的，塔拉知道怎么开，"塔拉急切地说道，"我们去追坏人吗？"

　　"我真的不知道接下来会发生什么！"杰克说道，"但是我们一定不能继续待在这个地方，让尤玛明天早上抓到我们！来吧，大家上船出发！"

　　塔拉发动了这艘摩托艇，同时孩子们一个接一个地爬了上来。接下来，他们会到哪儿去呢？"乌堤"？接下来又会发生什么呢？

第18章
夜间航行

大家都极为迅速地爬上了摩托艇，因为担心会有人从树丛中冒出来抓他们。那个加里肯定会去向他的同伙通风报信——毕竟他没有遵从命令把孩子们丢在远处的黑暗中，而是被威胁着把他们带回去了——没准儿一会儿就会有三四个热亚·尤玛的人过来找他们，想把他们抓住。

但是没有人来。周围除了潺潺的流水声没有别的声音了，唯一别的声响就是塔拉尝试着发动引擎时弄出的声音。奥拉在塔拉鼓捣的时候，还特别耐心地拿着手电筒为他照着。

"咔嚓咔嚓！咔嚓咔嚓！"船终于发动起来了！太棒了，总算可以出发了！

"快点，塔拉！"菲利普焦急地小声催促道，因为引擎的声音在这寂静的夜里显得异常响亮，"如果我们不赶快走的话，可能会引来一些不友好的来访者！"

这艘摩托艇一下子发出了轰鸣声，然后就驶进了河里，孩子们都松了一口气。小艇慢慢地稳住了，随后就行驶在星光照耀下的河面上，朝下游前进。

他们身后并没有传来什么追赶者气愤的喊叫声。似乎没有人知道他们居然开走了尤玛的摩托艇。杰克对塔拉说道：

　　"你说你不知道'乌堤'在哪儿。你知道从这边朝下游开过去大概有多远吗？"

　　"是的，塔拉只听说过'乌堤'，"塔拉回答道，"非常远。奥拉知道'乌堤'在哪儿吗？"

　　奥拉也不清楚，但是他记得离"乌堤"很近的另一个村子。

　　"我记得一个叫'豪阿'的村子应该在'乌堤'附近，"奥拉说道，"我们可以先去'豪阿'，奥拉去村子里问问'乌堤'怎么走，行吗？"

　　"好的，"杰克说道，"我觉得我们不能直接去'乌堤'，那样就是等着被抓！我们最好把船停在离那里有些距离的地方，这样我们就可以悄悄地溜进村子，然后打听到一些消息。"

　　"塔拉，你可不可以开大概一个小时之后把船停在某个地方，让我们睡会儿觉？"菲利普问道，"如果我们继续在夜里航行的话，我们就很有可能错过'乌堤'———一旦我们逃到了比较安全的地方，觉得尤玛的人应该不会追上来的时候，我们最好停下来睡几个小时。"

　　"当然了，我们开走了尤玛的摩托艇，刚才那个码头又已经没有别的船了，所以没有人能追上来，"杰克说道，"但是我们仍然不能冒险。我们还得开上一个小时的路程，塔拉，我们到时候就找个地方停下来休息。"

　　在星光照耀下，塔拉驾驶着摩托艇继续前行，孩子们一直在轻声地交谈着。奥拉心满意足地坐在菲利普旁边，开心不已。他有什么可担忧的呢？菲利普他们那么聪明，可以解决任何问题，当然也能打败坏人尤玛！总之，能一直坐在菲利普的身边，奥拉真的是非常激动，这得感谢摩托艇没有原来他们的船那么大！

大约一个小时过去了，杰克叫住了塔拉："好了，塔拉，我们随便找个地方停下来吧。我们一路上也没有看到什么村子。这儿可能是这条河的荒弃河段，随便停哪儿吧。"

经验丰富的塔拉发现了一处很适合停靠的地方——河的右岸边沿有一棵笔直的小树。他把摩托艇开向右岸，小艇渐渐地靠向了小树，有一阵轻微的颠簸。引擎停止了工作，夜，静悄悄地包围了他们。

"塔拉，做得好！"杰克说道，"我来帮你把小艇系好，然后我们都蜷缩着睡一会儿吧。"

不到五分钟，所有的人都进入了梦乡，然而奥拉却十分警觉，他尽管睡着，一只耳朵仍然警醒地听着周围的动静！黛娜和露西安两个女孩挤在一起，男孩们睡在她们旁边，奥拉在菲利普脚边蜷缩着。塔拉则在方向盘边以一个超级别扭的姿势睡着，呼噜声打得震天响。琪琪坐在杰克的腿上睡着了，脑袋藏在翅膀里。

他们就这样睡了一夜。黎明悄无声息地降临，初升的朝阳在河面洒下一层淡淡的银光。太阳慢慢地升起，六个还在熟睡的人身上沐浴着暖暖的阳光。那条巴尔瓜蛇感受到了美好的阳光，悄悄地从菲利普的衬衫里爬了出来，停在他的肩膀上晒太阳。

黛娜是第一个醒的，可能昨晚睡的姿势不太舒服，她觉得浑身僵硬。她仍旧静静地躺在那儿，回忆昨晚发生的事情。她稍微动了动，想看看周围其他的人——突然，就在离她非常非常近的地方，她看到了菲利普的蛇，正心满意足地停在他肩膀上，享受着清晨的阳光！

黛娜一时没忍住，大声尖叫了起来。所有的人立马都被惊醒了，塔拉还下意识地掏出身上藏着的刀。奥拉从菲利普脚边跳起身来，做出誓死保护老大的架势！

"刚才是谁在叫？"杰克问道，"发生什么事了？"

"我叫的，"黛娜有点儿后悔，"对不起——但是我一睁眼就看到菲利普的蛇在盯着我。我没忍住。对不起！"

"对不起，对不起！"琪琪又不自觉地重复着黛娜的话，然后也发出一声像黛娜一样的尖叫。

"你可别养成尖叫的习惯了！"露西安说道。那个罪魁祸首——菲利普的巴尔瓜蛇，此时已经躲回了菲利普的衣服里，黛娜这下觉得好多了。接着，大家都揉了揉眼，开始朝四周打量。

这条河还是老样子，仍然像往常一样平静地流淌着，两边岸上的树枝有的都垂进了水里，这些倒是没有什么可以让大家感兴趣的。让孩子们感兴趣的是这艘摩托艇！

里面有没有食物和水呢？难道它就只是热亚·尤玛开着从这儿到那儿，就像是汽车一样可以带着他在公路上来回跑的工具吗？

"我们看看这儿有没有什么吃的。"菲利普说道。于是，他们立马在这艘小艇上翻找了起来。

"看这儿!"杰克突然打开了船头座位下的柜子门,然后大声喊道。

大家都看了过去——柜子里摆满了罐头!他们读着罐子上的字——火腿罐头、培根罐头、沙丁鱼罐头以及各种各样的水果罐头,甚至连汤都有。

"太好了!"菲利普说道,"真有意思。为什么热亚·尤玛会在摩托艇里放这么多吃的东西呢?他肯定时不时地会去很偏远的地方旅行,而且待的时间很长,需要食物——但是因为离有人烟的村子太远,所以需要自己备着些食物。"

"呃,我才不管他为什么要在小艇里装这么多东西呢,"黛娜说道,"我关心的是他真是方便了我们,给我们留下了这么多吃的喝的——看哪,这儿还有柠檬汁罐头和橙汁罐头——但是它们都是浓缩的果汁,味道太浓了,我们得兑点儿水。"

塔拉冲着一个封闭的小水槽点了点头。"那儿有水。"他说。

但是塔拉说错了。水槽是空的。此时此刻,如果孩子们想喝东西的话,就只有味道浓烈、没有被稀释过的橙汁或者柠檬汁了。

在接下来发现的另一个小柜子里面,他们找到了绳子、强光手电筒和大钩子。"这些钩子究竟是做什么用的?"露西安惊奇地问道。

"这些是抓钩——用来爬山的,"杰克说道,"为什么热亚·尤玛要准备这些东西呢?"

"我知道了！当然是为了他的爱好——考古了！"黛娜说道，"你们难道不记得了吗？如果他要去探索一些古老的、埋藏得很深的地方的话，我觉得他肯定会用得着。还有什么别的有意思的发现吗?"

"一些铲子，"杰克说道，"还有小锄头。呃——如果说热亚·尤玛是用他考古研究的爱好来掩饰他其他的见不得人的工作的话，我必须承认，他似乎把这个爱好当成了一项严肃的事业——这儿还有一些书，写的是关于这个地方的一些事儿。"

杰克掏出了这些书，有新的、有旧的。很明显，所有的书都被仔细地读过，因为在其中的一些书页上可以看到做的笔记。

"等我吃些东西，再好好翻翻这些书，看看能不能找到什么有用的线索，"杰克说道，"我现在觉得好饿呀！"

其他人也好饿。他们发现柜子里的钉子上挂着两个罐头起子。杰克为了以后的安全问题，迅速地把其中一个装进自己口袋里，以防万一。他们用起子打开了一个火腿罐头，还有两个菠萝罐头，觉得这两样搭配起来吃会很不错，最后喝光了罐头里的果汁，但是还是很渴很渴。

"我们需要把这个水槽灌满，"菲利普仔细地检查了一下水槽，说道，"这看起来很干净啊。"

"塔拉和奥拉去下一个村子找些水来，"塔拉提议道，"还有面包。"

"好的。但是我们必须先确保下个村子不是'乌堤'，然后才敢进去。"杰克说道，"你们看琪琪，她已经吃了五口菠萝了！

嘿，琪琪，你喜欢吃这个吗？"

琪琪吞下了她的最后一块儿果肉，又飞速地扑向罐头。罐头空了。可怜的小鹦鹉发出一阵失望的叫声。"没啦，没啦！"她说道，像是在唱歌，"没啦，没啦，琪琪的都没啦！"

"小傻瓜，"杰克说道，"塔拉，我们可以出发了吗？你可以停到一个你觉得安全的村子旁边。"

塔拉解开了系着的摩托艇，发动了引擎。它突突突地开到了河流中央，然后向下一站驶去。此时，阳光很美，暖暖地晒着，所有的人都觉得好多了，精神振作起来——尽管心里一直都担忧着比尔和艾莉阿姨的安危。

接着，他们来到一个小村子旁边，这里的房屋就是沿着岸边而建的。他们的船刚刚出现，就立马有好奇的村里孩子跑来围观。塔拉把摩托艇转了一下，让它靠近河岸，停到了岸边的一个小码头。

塔拉与一个站得离他很近的男孩交谈着，语速飞快。然后他转过身来对杰克他们说："这个孩子说这个村子就是'豪阿'。而'乌堤'离这儿还很远，有两三个小时的行程。他说他可以给塔拉水袋和面包。怎么样？"

"太好了！"杰克说道，"我们也上岸舒展舒展筋骨。塔拉，你和奥拉去看看他们可以给我们什么样的水。必须是从井里直接打上来的。你们自己打水，塔拉。菲利普、黛娜、露西安，我们快上岸吧——这里看起来很安全，但是我们仍然不能离我们的摩托艇太远！"

第19章
一条奇特的河流

　　他们总算能伸伸胳膊、踢踢腿了，太舒服了！琪琪像往常一样站在杰克的肩膀上，这引起了岸边那群村里孩子很大的兴趣。他们围了过来，指着琪琪，叽叽喳喳地说着什么。菲利普赶紧把他的蛇藏严实了——他知道如果它从衣服里往外探出头来会引起什么样的骚动！

　　塔拉和奥拉幸运地在船上发现了两个大水桶，于是拿着它们去村子里打水了。孩子们很开心——他们都不喜欢当地人经常用来抬水的动物皮做成的大水袋子。

　　塔拉和奥拉过了很长时间也没有回来，孩子们开始担心起来。

　　"为什么他们还没回来呢？"杰克说道，"希望他们没有遇到什么意外，如果没有塔拉我们真的不知道该怎么办了。"

　　好在最后他们两个回来了，每个人都提着一桶水，肩膀上还拴着很多大块的面包。塔拉知道这边的村民喜欢把面包包起来，于是塔拉成功地要到了一些布料也这样做了。

　　"你们去得太久了，塔拉。"杰克说道，他可一点都不开心。

"塔拉一直说话，说话，"奥拉抱怨道，"奥拉想要回来了，但是塔拉一直说。"

塔拉愤怒地盯着奥拉，然后站起身来，挺直了腰板说道："是的，塔拉一直说。塔拉发现了很多事情。村子里所有的人都知道热亚·尤玛。他挖呀挖呀挖，挖了很多很多。他们都说尤玛知道哪儿有巨大的宝藏，有很多的黄金。"

杰克哈哈大笑："你真八卦，塔拉。热亚·尤玛喜欢让人们觉得他在挖掘一些古老的、被遗忘的宝藏——但是这实际上不是他真正要做的事情。他袖子里面绝对还藏着一副牌——我真希望我知道那是什么。"

塔拉不懂这是什么意思。"他袖子里面藏着什么？"塔拉问道，"大刀子？"

"没什么，"菲利普有些不耐烦，"我们快点把水放进水槽里去吧。真想立马喝一口橘子汁呀，我太渴了。"

每个人都很渴。看着桶里的水流进水槽里，杰克觉得这些水对于六个人来说也不是很多！

"我们出发吧，"杰克对塔拉说，"我们差不多两个小时之后就能找到'乌堤'这个村子了，如果真像村民们说的那样，大概需要两个小时的行程。"

塔拉开动了摩托艇，又一次踏上了旅程。他们一路上经过了一些小村子，然后又看到一个更大的。这个会不会是"乌堤"呢？杰克瞥了一眼手表。不可能——他们只经过了一个半小时，而塔拉听村民们说的是有两个小时的路程呢！

"塔拉停下来，行吗？"塔拉问道，"塔拉可以上去问问这是哪个村子。"

"不用。这肯定还没到'乌堤'呢。"杰克说道。于是他们继续往前驶去。此时，河面突然变得开阔起来。孩子们看到河岸逐渐往两边退去，而且越来越远，觉得非常惊讶。看起来这条河现在已经变成了湖！

"我的老天，如果河面继续变宽的话，我们就看不到河岸了！"黛娜说道。

露西安惊讶地盯着河面看。"杰克，"她说道，"我们这是在海上吗？"

所有的人都哈哈大笑，甚至塔拉都微笑了起来。露西安的小脸儿一下子红了，杰克拍拍她的后背表示安慰。

"别担心！现在看起来我们好像确实在海上！我真希望河能很快变窄。可能这儿的河床很浅，所以河水漫延出来了，让河面变得很宽。"

菲利普冲着塔拉大喊。

"塔拉！最好靠着一边的河岸开，要不然我们就会丢失方向感了。我现在几乎看不到右边的河岸了！"

塔拉把摩托艇转向了左边，打算寻找一下河流的左岸。真是好远的一段距离！

"真希望我们有一张河流地图，"杰克说道，"就像比尔那张一样，你们还记得吗？上面标记着每个村子，肯定能告诉我们'乌堤'这个地方在哪儿，以及这儿的河究竟怎么了——为什么会突然变得这么宽，也能告诉我们行驶到什么地方会变窄！"

他们现在更靠近河的左岸，而不是在河流中间了。河的另外一边根本就看不见。河水似乎正漫无止境地向右岸那边延伸，他们看起来好像在海边，沿着海岸线航行一样——就像露西安想象的那样！

塔拉非常吃惊，还有一点害怕。"河在这儿变宽了，"他用他们当地语言对奥拉说，"如果'乌堤'在另一边的河岸的话，我们就看不到了。"

菲利普也想到了这一点。他拽了拽杰克的袖子："杰克——如果'乌堤'在对面的岸边的话，我们就会错过它了！"

"天哪，是的！"杰克说道，"我们看不到对面的河岸，更别说河岸上的村庄了。这样的话——我想想——我们让塔拉在下一个路过的村子那儿停下来吧，这样可以上岸打听一下'乌堤'怎么走。如果他们说'乌堤'在对面河岸上的话，我们就不得不转移到另一边的河岸去寻找它了！希望我们还没有经过它！"

他们开始盯着岸上，寻找着下一个村子的踪迹。但是灌木丛又密又高，一直长到了河边上，所以即便岸上有什么村子，他们也看不到。一个小时过去了，孩子们心里越来越惴惴不安。

"真希望我们有张地图！"杰克说道，"都怪这个尤玛！他干吗不在船上放张地图呢！要是有地图的话就帮了大忙了。咦——我可以看到河的右边有东西——是的，哈哈，右边的河岸终于又能看见喽！"

所有的人都可以很明显地看到一条棕色的线在河的右侧闪

现。它似乎很快就要靠近了，也就意味着，这条河又要变窄了，所以很快河流两岸就都能看到了。

事实上，这条河一下子变得非常窄，两岸的距离简直比之前都近了很多。

"太不可思议了！"菲利普突然说道，"你们都知道，这条河朝着我们行进的方向流动——所以我们其实一直都在利用河里的水流。河流在流向大海的过程中通常多多少少都会保持一个宽度，或者它会变宽，因为当其他溪流加入进来的时候，河水就更多了。它往往会在流入大海的时候达到最大宽度。"

杰克看着菲利普说道："是的，我知道。那么——为什么这条河会突然变得又小又窄呢？尤其是在变得那么宽之后！我知道我们肯定不是要到大海了，所以我不能理解为什么它突然变宽——我也搞不懂现在为什么又变窄了！"

"这条河肯定是分汊了，分成了两条——或者更多，"菲利普说道，"可能它自己分成了两条河，我们应该经过了两条汊流——一条宽，一条窄——我们恰恰就是在那条窄的汊流上。这是我唯一能想出来的原因了。"

"塔拉！停一下船，"杰克喊道，"我们必须商量一下。"

塔拉遵照命令停了船。他觉得非常担忧。这条河到底是怎么回事呢？"乌堤"在哪儿呢？究竟应该怎么做才好？

大家聚集在摩托艇的中央讨论了一番。这是一个非常严肃的会议，连琪琪都不敢打扰。

"塔拉——你觉得发生了什么？为什么河变窄了？你认为它

先前是不是分成了两三条小河？"杰克问道。

"塔拉不知道。塔拉有些害怕，"塔拉说道，"塔拉想，回去，这条河现在，很坏！"

"呃，你说了等于没说嘛，塔拉。"菲利普说道，"我们肯定是错过了'乌堤'。我打赌它在右边河岸——我们没有看到是因为我们离得太远了。天哪，我觉得事情变得严重了。"

"我们继续向前吧，"黛娜说道，"我们肯定很快就要到某些地方了，肯定。"

杰克的视线越过船沿，看看河的左岸，再望望河的右岸。

"这儿看起来真的很荒凉啊，"杰克说道，"只有几棵树——还有成团成团的灌木丛——除了土丘和沙包就什么都没有了。我觉得，我们还是继续行进半个小时，如果还是什么都没出现——没有村子，也没有任何其他有用的东西，我们就回去吧——沿着河的右岸行进。没准儿我们就能找到'乌堤'了。"

"塔拉说，回去吧，"塔拉顽固地说道，"这条河现在变坏了。很深，很深的水，看！"他站起身来，指着河水说道。

"你判断不出这水有多深。"杰克说着朝水里看了看，河水非常混浊。

"塔拉知道。在很深的河水里，船的声音不一样，"塔拉很有信心地说道，"河变坏了。"

"好吧。那我们就在这条'变坏'的河上再走半个小时，"菲利普坚定地说道，"如果没有村子我们再掉头回去。发动摩托艇吧，塔拉，快点。"

但是塔拉还是顽固地站在那儿，菲利普和杰克的心一沉。塔拉为什么要在这么关键的时刻犯糊涂呢！他们可不能让步。如果让塔拉觉得他占了上风，那么以后他们做的任何决定塔拉可能都不会听的。

"塔拉！按我们说的去做！"菲利普坚定地说道，模仿了比尔的声音。但是塔拉仍然站在那儿，顽固又坚持。

就在此时，让所有的人都大吃一惊的是，摩托艇突然发动了，这艘小艇颤动得厉害，它猛地向前一冲，几乎让所有的人都摔了一跤。

一个声音从他们后面响了起来："奥拉服从命令！奥拉给老大开船！"

塔拉勃然大怒，他大叫一声，扑向奥拉。他的拳头像雨点一般打到奥拉身上，然后一下子从他手里夺过方向盘。他冲着正咧嘴笑着的奥拉喊了一些孩子们听不懂的话。之后，尽管塔拉脸上的表情仍然很严肃，他还是照着菲利普的说法把船沿着这条窄河开了下去。

奥拉又要去抢方向盘，似乎一点儿都不在乎塔拉的暴揍。他的脸上一直挂着微笑。"奥拉会让塔拉听老大话的。"他看到菲利普笑了，自己也很开心。

"好样的，奥拉，"菲利普说道，"但是不要那样做了，你真是吓了我们一大跳！"

第20章
发生了什么

塔拉把摩托艇开得飞快，似乎在表示他仍然很生气。菲利普示意他道：

"塔拉，慢一点！"

塔拉于是就慢了下来，有些担忧奥拉可能又会过来抢方向盘并告诉他如何开得更慢。船行驶在河的两岸之间，河面现在好像更窄了。接下来，随着河面越来越窄，河岸似乎正在升高！

"为什么——我们现在好像是在峭壁之间走着！"杰克惊奇地说道，"塔拉，别开那么快！"

"塔拉没有开快！"塔拉大喊回应道，看起来很迷惑，"河水流得非常快——非常快！推着船走呢。塔拉把引擎停了，你们看！"

他确实熄了引擎，孩子们也看到了他所说的！河水正以一个非常快的速度向前冲，船即便不开引擎也能照样向前行进——被水流推着走！

如同峭壁的河岸越来越高，孩子们感到非常担忧。

"我们现在在一个峡谷一样的地方，"菲利普说道，"一座随时可能从某一高度下落的峡谷，会让水流向前冲的。嘿，塔拉，停下！这儿非常危险！"

塔拉立马回头喊道："塔拉停不下来！船一直一直往前走。河水把船往前推。"

"我的天哪，塔拉说的是对的！"杰克说道，"我们怎么停下来呢？如果我们停了下来，又会停在哪儿呢？现在河的两岸就只有悬崖峭壁了——根本就没有地方可以停！如果塔拉不能让船直行的话，我们会被撞成碎片的。"

孩子们都脸色苍白。琪琪非常害怕，把头埋在了自己的翅膀下。菲利普和杰克抬头看了看两边的悬崖峭壁。是的——两边的河岸现在越来越高，他们抬头看到天变成了窄窄的一条线。难怪在船上感觉天越来越阴暗了。

河水湍急地奔流，不再平稳，被搅起了很多泡沫。"河水往下倾倒，形成了岩石上的河道，河道一直往下，这让河水流得很急。"杰克提高了嗓门说道，因为水流声真的很响。

"我们再往下，肯定要到达地下很深的地方了。"菲利普说道，往前看了看，"杰克，听——有个奇怪的声音！"

他们都听着，塔拉一下子脸色发白。

"水要掉下去了，水要掉下去了！"塔拉大声叫喊着，盖过了河水的声音。

杰克抓住了菲利普，感到十分惊慌。"塔拉说对了，我们要到大瀑布了！一座巨大的地下瀑布！我们现在肯定已经在地下了，太暗了。天哪，菲利普，我们的船会冲下瀑布的，我们会

被撞得粉身碎骨的！听起来前面是一个非常非常大的瀑布！"

声音越来越大，充斥着整个峡谷。这简直就是世界上最大的噪音了，黛娜和露西安都按着自己的耳朵，害怕得不得了。

塔拉也非常害怕，但是他仍然把手放在方向盘上，努力阻止船撞到两边的岩石上。他突然大叫一声：

"我们到瀑布了！"

孩子们现在除了前面瀑布的怒吼根本听不到其他声音。更不用说可以看到什么了，河水形成的峡谷太深了，几乎没有任何阳光能射进来。他们只能抓着船上的木板还有彼此。

接着，接着——船猛烈地撞到了左岸，几乎要翻了过来，危险地摇晃来摇晃去，突然又一下子停住了，颤颤巍巍的。

周围还是大瀑布的声音，但是声音已经小了不少。究竟发生了什么？孩子们惊奇地抬起还带着恐惧的脸，向四周看去。他们在巨大的黑暗之中，什么都看不到，

菲利普感觉到了有东西在抓他的膝盖——一双手。肯定是奥拉在他脚边。

"老大，你没事儿吧？"奥拉的声音响了起来，

盖过了流水的声音。

"我很好，奥拉，"菲利普说道，觉得自己的声音都在颤抖，"你们都没事吧，女孩们？"

"没事儿。"她们回应道，这是她们现在唯一能说出口的词了。她们仍然紧紧抓着彼此。

"我也没事儿。"杰克的声音响起，听起来竟有一丝高兴，"嘿，塔拉，你怎么样？"

一声呻吟传到了孩子们耳中，一声痛苦的呻吟。杰克在船里摸索着来到塔拉身边。

"你受伤了吗？"杰克问道，在黑暗中摸索着塔拉的方位。他在口袋里找到了自己的手电筒，然后打开。塔拉趴在方向盘那儿，双手盖住了脑袋。他不断地发出呻吟。

杰克看不到塔拉到底有没有受伤。他摇晃着塔拉，最后，这个受了极大惊吓的男人总算是抬起了头。他剧烈地颤抖着。

"你受伤了吗？"杰克说道，他觉得塔拉应该是被刚才的水声给震聋了，耳朵突然就听不见声音了。

塔拉似乎缓了过来。他冲着手电筒眨了眨眼，然后揉了揉眼睛。他上上下下、仔仔细细地检查了自己的身体。

"塔拉没受伤，"他说道，"塔拉没事儿。"

杰克用手电光打量着周围，看看他们究竟在什么地方。他们似乎是在某个山洞中，他们的船此时正在一个被石墙包围起来的安静的小水池里。太不可思议了！他们怎么就逃出了猛烈的水流到了这里呢？可能只是机缘巧合掉到了这里，那座瀑布离这儿也不远。

杰克又回到了大家的身边，他们已经都从刚才的惊吓中慢慢恢复了过来。"现在这段时间我们应该是安全的，"杰克开心地说道，"我觉得我们应该先吃点儿东西。现在什么事情都没有肚子饱饱的让我们开心。咦，琪琪呢？"

"在那个柜子里，"黛娜说道，"我刚才听到那里面传来嘎嘎的叫声。"

杰克拿着手电光照向柜子。柜子门已经打开了，被刚才猛烈地来回滚动的罐头们给砸开了。琪琪安然地躲在里面，这样就隔绝了外面水流的怒吼。

"琪琪！你现在可以出来了。"杰克说道。于是，琪琪一扭一扭地走了出来，她的冠毛耷拉了下来，看起来又老又丑，而且还垂头丧气的。她从下边慢慢地往杰克身上爬，一直爬上了他的肩膀，好像她自己不会飞了似的。她在杰克的肩膀上抱怨地嘟囔着，对刚才自己经历的颠簸很是生气。

"拿一些罐头出来吧，黛娜——你离柜子最近了。"杰克说道，"打起精神来，露西安。菲利普，你去那边打开那盏灯，行吗？就是船头用的那盏灯，很亮的。好啦，大家都动起来！"

有杰克能主持大局真是件好事情。他让所有的人都振奋了起来，包括塔拉，他已经在那边持续呻吟很长时间了。很快，他们就坐在了一起，嚼着面包和火腿制成的三明治，喝着橙汁。

"挺有趣的，难道不是吗？"不屈不挠是杰克一贯的风格。他看看周围的伙伴，他们的脸被船灯照得很亮。

露西安挤出一丝虚弱的微笑，尽管她觉得此时此刻什么都不是"挺有趣"的。

"别傻了，"菲利普说道，"在说'挺有趣'之前，让我们先拥抱我们的不幸吧！我的天哪——我觉得我好像做了一个噩梦。有人知道刚才发生了什么吗？"

没人知道。这看起来似乎是一个纯粹的不幸。他们当时正朝一座非常巨大的瀑布晃晃悠悠地冲过去——但是，突然，他们转向了左岸，最后不知怎么的，就安全了。

吃食物可以让人放松下来，很快就像往常一样，他们的话多了起来。塔拉也过来吃了一个三明治，他立马觉得好多了。令大家吃惊的是，他突然冲着大家笑了，这是孩子们见过的塔拉最灿烂的笑容。

"怎么了，塔拉？"杰克被逗乐了，"你现在就像是'丢了一块钱，捡了十块钱'。"

塔拉感到很迷惑，他没听懂这句俗语。"塔拉没丢钱。"他说道。

"好吧好吧，别想这句话了！"杰克说道，"你为什么突然那样开心呢？"

"塔拉是勇士，塔拉救了大家。"塔拉说道，又露出了开心的笑容。

周围陷入了一阵惊讶的沉默。塔拉这么说是什么意思呢？他听起来有点疯狂，但是看起来绝对冷静。他坐在灯光下，一直点着头。

"我不太明白，"杰克说道，"你怎么救了大家呢？"

"塔拉刚刚记起来了，"塔拉说道，仍然微笑着，"船特别快，特别快——很大的声响传来——大瀑布就在前面。然后塔拉看到一边的岩壁有个缺口——塔拉使劲儿摆动方向盘，把船往那边靠——嘣嘣——船都快翻了。然后我们就到这儿啦！"

又一阵惊讶的沉默。所有的孩子都盯着塔拉，甚至连琪琪也从杰克脑袋后边偷偷地瞥着塔拉。

"但是，塔拉——你不可能看到岩壁的缺口——当时太黑了！"杰克打破了沉默。

"能看到，能看，"奥拉的声音从菲利普旁边响了起来，"奥拉也看见一个大洞——岩壁上有一个特别大的洞。我在黑暗中眼神很好的，塔拉也是。"

"嗯嗯，那可真是老天保佑！"菲利普说道，"我当时什么都看不到。但是我猜塔拉肯定是特意地看了看岩壁上有没有缺口，及时地发现了一个。他的眼睛就像猫一样！"

"塔拉眼神好，很好的。"塔拉同意地点点头，非常开心自己能引起大家的兴趣，"塔拉可以看到很多很多东西。塔拉救了大家，塔拉是好人。"

塔拉现在看起来好像因为自己成了"好人"而沉浸在巨大的骄傲中。杰克朝他走了过来，拍拍他的背。

"塔拉，你真是不可思议！"杰克赞道，"握手！"

这个想法让塔拉非常开心。他庄重地和每个人都握了手，包括奥拉。而最让他开心的是鹦鹉琪琪竟然也弯下身子，向他伸出一只爪子。

"天佑吾王!"琪琪用她最浮夸的嗓音说道,还干咳了一声,她觉得这绝对是一个无比庄严的场合。

"所以,这就是刚才所发生的事了!"杰克一边说着,一边给大家传着三明治,"好吧,无论这是一场梦还是真事——我现在都不能确定了——但是这确实很令人兴奋。我们赶快吃完饭,查看一下这里吧。我觉得,我们很有可能'刚出虎穴,又入狼窝'。"

"天哪——我希望不是!"菲利普朝四周望了望,"但是我确实也不觉得我对前面充满希望!"

第21章
更多令人兴奋的事

　　大约过了十分钟，大家都感到精力恢复得差不多了，打算下船去查看一下他们所在的这个山洞。这个洞明显不是峡谷的一部分，因为大家头上闭合的岩石洞顶大概有十英尺高。手电光能把它照得很清楚。

　　"外面的峡谷让河水最后流向瀑布，而这个大山洞就是朝峡谷的峭壁敞开的，"杰克说道，"我明白了。"

　　"塔拉看到一个，两个，三个其他的洞，"塔拉说着点了点头，"船走得太快，塔拉停不下来。"

　　"我明白了。是的，我敢说这儿肯定有很多洞在峡谷边上，"杰克说道，"但是我想说的是——它们真的是山洞吗，还有它们究竟通向什么地方？"

　　"我们必须得去找到答案，"菲利普说道，"现在，在我们所有的人离开船，走到周围的岩架之前，大家一定要保证每个人都有自己的手电筒。我们会把船头的大灯亮着留在船上——这样的话，我们就都能看见并能安全地返回了。不过，如果可能的话，大家还是尽量在一起行动。"

155

塔拉把船停在了洞里左手边的水池岸上，靠近岸上的岩架。他最后成功地找到了一块儿凸出来的石头，然后把系船的绳子套在上面。塔拉非常害怕船在水池里会摇摇晃晃地翻了，被水流吸到刚才那条湍急的河里。

很快，他们六个人都下了船，脚踏在了岩架上。塔拉拿着他在船上找到的一个强光手电筒，照着四周。众人往洞里看去，洞向前延伸得很远，一眼看不到头，最后消失在黑暗之中。

"很可能这个水池里的水是往洞里面流的，变成了一条地下溪流，没准儿我们能从这条地下溪流出去。"杰克满怀希望地说道。

"想得美！"菲利普说道，"怎么会呢，我们从地上都看不到出路，更别说水路了。你真的太乐观了，杰克。安静一下吧，要不你总是抱有不切实际的幻想。"

"他喜欢说什么就让他说嘛。"露西安说道，闪着她自己手里的手电筒，"在这种可怕的地方，我就是很想听令人振奋的想法。"

奥拉在大家前面走着，拿着一个发着微弱亮光的手电筒，鲁莽地这儿爬爬，那儿跑跑。不过，他似乎在黑暗中能看得很清！杰克冲着他喊道：

"奥拉，你小心点儿！小心掉水里，你知道自己不会游泳的！"

"老大会把奥拉拽出来的，"奥拉有些开心地喊回去，"老大会救奥拉的。"

听到这话，所有的人都笑了。他们踩着石头往前走，用手电光上上下下打量着这个洞穴，越走越远。

洞里的水往回流向一条宽水沟，两边都有岩架。这个黑暗的洞穴越往里走越窄，快到头的时候，奥拉第一个叫了起来。

"啊，啊！有一条河道！"

所有的人一下子都兴奋起来。一条河道？那肯定是通向什么地方的。他们从后边慢慢挪到奥拉的身边。奥拉说的是对的。河流在洞穴最里边的正中央伸展成了一条狭窄的河道，漆黑一片，神秘异常。

"塔拉，我们能把船开到这儿来吗？"菲利普激动地问道。

塔拉摇了摇头。"太危险了，"他说，"船可能会困在这儿，水可能是不流动的，船可能会碰出破洞来……不行，不行。我们继续走，继续看看。"

"那好吧——继续看看吧。"菲利普说道，他的心中有了很好的设想——船行驶在这条河道里，带着他们冲出黑暗的洞穴，到达外面某个光明、安全的地方。他当然也知道塔拉考虑仔细些是对的。在他们计划把船弄过来之前，一定要再往更远处查看一下。

这条河道一直向远处延伸着，有时候向左弯，有时候向右弯；有时候会变宽，有时候会变窄；有时候上面的洞顶很高，高得都几乎看不到了，有时候洞顶又特别低，离他们脑袋也就一两英尺。

"总之，我们是可以把船开到这儿的。"杰克对菲利普说道，

"咦——奥拉怎么回事？他正站在那边大叫呢！"

奥拉正激动地大喊大叫："快来！快来看呀，老大！"

杰克和菲利普用他们最快的速度跑到那儿，尽管这一点都不容易，因为他们是在这种铺满石头又很滑的河道上行动，旁边就是深不见底的河水。

他们发现奥拉已经激动得手舞足蹈了。他正扒着河道石墙上一个并不平滑的小洞往下看。

"怎么了？"菲利普问道，把他推到了一边。

"砖块，"奥拉说道，"古老的砖块！"

菲利普拿着他的手电筒从洞里看过去，盯着这些古老的砖块——它们会出现在这个地方还真是不可思议。

他的手电光照亮了似乎是一面砖头做成的墙。但是怎么会这样呢？谁会在地下用砖建墙呢？又为什么建呢？

"看着好像是有人在这个小洞的另一面用砖块建了什么，想要把洞挡起来。"菲利普说道。

"又或者这是沿着某条地下通道建起来的墙的一部分！"杰克说道，"可能这墙正好经过这个小洞，不是特意挡住它的。"

"也有可能，但是为什么会有一面墙建在这儿呢？"菲利普说道，"太奇怪了，塔拉，到这儿来，你怎么看？"

塔拉向前挪了过来。他的手电筒的强光透过这个小洞，照到了那些砖块上。"啊，"塔拉说道，"古老的砖块。非常非常古老。塔拉以前看到过这种样子的砖块。塔拉的爸爸在很深很深的地方挖到过。"

"咦！"杰克突然冒出来一个令人惊诧的想法，"这里看起来像是很久很久以前，人们为当地的国王和王后建造陵墓的地方。它们很大呀，难道不是吗？——在很深的地下——还有通道通向这些地方。"

"我们最好读一读热亚·尤玛放在摩托艇上的那几本书，"菲利普说道，"我们回去看看能不能找到关于这个地方的一些事情——比如，我敢肯定，书上一定提到了那个大瀑布。"

塔拉挤进这个小洞里，用手撞了撞附近的砖块。接下来，让大家吃惊的事情发生了，这些砖块一下子倒塌了，碎成了土！

"塔拉真聪明！塔拉看到爸爸这么做过，塔拉记得！"塔拉得意扬扬地说道，"哈哈，我比你厉害吧，奥拉，现在看你这个小毛孩儿还能做什么！"

奥拉粗暴地把塔拉推到一边，从后边挤了过来，这让塔拉很是诧异。只见奥拉一下子跳上了破败的砖墙上，站在上面，用塔拉的手电筒强光来回照着。

"快看这儿，快看！这儿有条路呢！"奥拉激动地叫喊道，"奥拉下去看看！"

"回来，你这个笨蛋！"菲利普大声叫道，"别和我们分开，奥拉，快回来！"

奥拉此时已经消失了，但是很快他就回来了。"奥拉在这儿，老大。"他弱弱地说道，不敢直视菲利普严肃的眼睛。然后，菲利普和杰克穿过了这个小洞，其他人紧随其后。

是的，奥拉说的是对的。这儿真有一条地下通道。难道这是一条向下通往古代王陵的通道？之前有人发现过吗？又或者这是一个通往神庙或者宫殿的地窖？

"快点，我们下去吧，"杰克说道，"我现在真是激动得什么话都说不出来了。大家记住，一定要一起行动。琪琪，别在我肩膀上闹腾了，你的羽毛弄得我好痒，别动了，你！"

"别动！"琪琪又用她尖尖的嗓音重复着杰克的话，"别动！"

突然，所有的人都惊恐地停住了脚步。一个巨大的声音在他们周围响了起来："别动别动别动别动……"

露西安紧紧地抓住了黛娜，这让黛娜更害怕了。杰克一开始被吓了一跳，而后大笑了起来——很快，他的笑声就传到山洞黝黑的岩壁上又折了回来，听起来非常怪异和傲慢："哈哈哈哈哈哈……"

"不用害怕，这只是回声，"杰克说道，压低了他的嗓音，这样一来，就不容易产生回声了，"吓死我了，鸡皮疙瘩都掉了一地。看，琪琪都吓得不敢说话了！"

但是很快，琪琪就弄明白了是怎么回事，她抬起头来，像往常一样嘎嘎地笑了起来，所有的人都立刻捂上了耳朵——琪琪笑声的回音很快传了回来，就像是一百个巨人正在大声嘲笑他们，听上去相当惊悚。

"我的天哪，琪琪！"露西安说道，"别再这样笑了，求你啦！"

"好啦，"杰克说道，"我们所有的人都在这儿吗？奥拉哪儿去了？"

大家往四周瞅了瞅，奥拉不见了，不知道他跑哪儿去了。

"这个奥拉，真是的！"杰克说道，"他到底去哪儿啦？我们说好了始终都要在一起！"

"一起！"回音又传了过来，"一起，一起！"

"行啦，闭嘴！"杰克生气地喊道。接着，回音又跟了上来："闭嘴闭嘴闭嘴闭嘴！"

最后，大家发现了原来奥拉躲在一块大石头后面！他太害怕这个回音了，他这辈子从来没有听到过这种声音。"好啦，奥拉，"菲利普善意地安慰着他，"你可以离我近一点儿，我不会让回音吃了你的！"

接下来，大家顺着通道的斜坡慢慢走了下去。下面很空旷。周围的墙壁是用砖块垒成的，时不时地还能见到一些同样用砖块垒成的拱门。

"泥砖，"杰克说道，"和我们现在常用的砖的形状不太一样——更像长长的切片面包，顶端是圆圆的。咦——这儿有扇大门。我们能过去吗？我觉得它好像锁住了。"

这扇门似乎也有几千年的历史了。它不仅被锁上了，还被封住了，因为密封条还在门上挂着，等待着化为尘埃。杰克轻轻地推开了这扇隐约还能看到雕花的门。但是他推的时候，门一下子就垮掉了，还发出一声轻微的响动，吓了杰克一大跳！这门已经腐朽得很严重了！

门那边有什么呢？菲利普用他的手电光照着，看到了一堵空空的石墙。突然，手电光又捕捉到了其他东西——一段通向地下的台阶——看起来很深很深！

　　此时此刻，这支冒险小分队里所有的人都非常兴奋，似乎没有什么能阻挡他们继续向地下行进！"快点，我们继续往下！"菲利普说道，第一个抬脚朝台阶走过去，"所有的人都在这儿吗？都跟上，小心一点——台阶很陡！这还真是一次冒险之旅——绝对是我们目前经历过的最有意思的旅行！"

第22章
谜团被解开了

菲利普正要抬脚走下台阶，有人从旁边粗鲁地把他推到一边，几乎让他摔倒在地。奥拉的声音响了起来：

"不行，老大，不行。这儿有危险，老大。奥拉先走，老大，奥拉先走！"

奥拉还没说完就下去了，菲利普都没来得及抓住他。"快回来！"菲利普生气地喊道，"你听到我说话了吗，回来！你知不知道自己在干什么！"

"啊，啊！"下面传来一声痛苦的喊叫，然后大家又突然听到接连的砰砰声，好像有什么东西从台阶上掉了下去，"啊，啊！"

"他掉下去了，"杰克惊慌地说道，"天哪，奥拉真是个笨蛋！这些台阶可能和刚才的门一样已经腐朽了！我们现在该怎么做？"

塔拉叫喊道："塔拉去拿绳子，绳子在船上，塔拉这就去。"

此时也确实没有其他什么能做的了。菲利普朝下边呼喊着奥拉：

"奥拉，你伤着了吗？"

"奥拉没受伤，嘣嘣嘣，奥拉还能往上爬呢，老大！"

"别爬了！你会再掉下去的，没准儿掉得更远了。"菲利普喊道。

"天哪——奥拉简直是救了你呀，要不然掉下去的就是你了，菲利普，"杰克说道，"你可能会猛地掉下去的。我们真笨啊，居然没有想到这个。"

"我们坐下来等塔拉吧，"黛娜说道，"可怜的琪琪——你一点都不喜欢发生的一切，是吗？你都吓得不敢说话了。"

大家边等塔拉边谈论着。他们都下定决心继续往下查看查看。因为无论如何，他们必须得找到出去的路。杰克想要回到刚才的通道上去看看那条通道能不能通向离他们已经很远的地面上。但是菲利普并不同意。

"现在看来，这个主意很傻，"菲利普说道，"那样的话我们就分开了——奥拉在下边，塔拉回到了船那边，而我们又去探索其他地方。现在最主要的事情就是大家不要分散了。啊——那是塔拉吗？好塔拉，真想给他个勋章！"

确实是塔拉，他带回了船上的绳子，还带来了抓钩，真是太明智了！

"现在我们把绳子放下去喽，奥拉！"菲利普喊道。塔拉把那个大的抓钩固定在一块凸出的石头上。他把绳子系上，然后和菲利普一起把这条不粗但是很结实的绳子顺着腐朽的台阶放了下去。被困在下面的奥拉感觉到有绳子滑了下来，于是两只手牢牢地抓住了绳子。塔拉和菲利普使劲儿往上拉，奥拉自己也使劲儿往上爬，他很快就回到了上面。

"奥拉，谢谢你，要不是你，现在掉下去的就是我了。"菲利普说着，拍了拍奥拉的背，"但是以后再也不要这么做了。"

"奥拉保护老大。"奥拉似乎总是在说这句话。菲利普转过身去和其他人说话。

"那个，我们商量了很多事情，大家都同意现在最好去做的事儿就是回到船上，吃点东西然后休息休息。现在几点了？六点半——噢，不，现在已经八点半了！你们相信吗？"

"晚上八点半？"露西安有些疑惑，她看了看自己的手表要确认一下，"是的，就是八点半了。当周围一直都是漆黑一片的时候，就很难知道几点了！"

"我们最好赶紧去吃个饭，然后去睡觉，而不只是休息休息，"杰克说道，"我们第二天早上就又会有精神了。那么那个时候我们做什么呢，菲利普？"

"睡醒之后我们就吃个早饭，研究一下船上的书，没准儿能发现有关这个地方的信息呢，看看我们到底在哪儿。"菲利普说道，"我们把绳子系在腰上，每个人都打包一大份吃的，接着就可以出发了。"

"遵命，老大！"杰克故意地说道，逗得大家哈哈大笑。

"还有人想到其他事情吗？"菲利普问道。没有人，所以他们的冒险小分队就开始往回走了。穿过墙壁上的小洞，通过有水的河道，大家向前望了望。他们的摩托艇就停在那儿，在大水池旁的岩石边静静地摇晃着。

他们拿出船上的食物大吃了一顿，琪琪吃得特别多，都开始打嗝儿了。

"打嗝儿，抱歉！打嗝儿，抱歉！站到角落里！"

"是的，那是你应该去的地方，"杰克说道，"真是一只贪婪的鸟。你应该为你自己感到羞愧！"

"我们还是掏出船里的书来看一看吧，"大家都吃完了饭，黛娜突然说道，"我不是很困。事实上，我现在很兴奋。唉，要是我们能确定妈妈和比尔安然无恙那就更好了。"

"我觉得我们不用太担心，因为有比尔呢！"杰克说道，"他可是见过大场面的，经历过许多比这次更危险的情况！我觉得热亚·尤玛肯定把他们藏在了什么隐蔽的地方，这样他才能完成那些见不得人的事——那些事儿他肯定不是在影视城做的。"

"你们还记得他之前是怎么假装自己很喜欢考古，很喜欢那些古物的吗？"黛娜说道，"他觉得他让比尔摸不透他的情况了！"

"嗯嗯，假装也好，没有假装也好，他的确藏了一些很有意思的书在这儿，"菲利普说道，此时他已经拿出了所有的书并把它们摆在甲板上，"这儿，我们每人拿一本——大家看看能不能在任何地图上找到'冒险河'，事实上，它应该叫作'冒响河'，别忘了！"

塔拉和奥拉都没去看书。他们对阅读这种知识性很强的书籍并不抱有很大信心——实际上，奥拉几乎不认识什么字，也不怎么读书的。他们两个吃饱了就懒洋洋地坐在那里，心满意足。

"这儿有张地图！"黛娜突然说道，"啊——还是一张非常完整的地图。看啊，它贴着这本厚书封皮里面那层，可以把它完全打开，怪不得之前我们没找到过！"

大家都凑过来看这张地图。杰克突然发出一声惊叹："看哪，这上面有我们待的这条河——从地图页上一直往下去呢。太好了。'冒响河'——就是这条！现在我们来查找一下我们经过的那些村子。"

"这里是'阿拉欧亚'，"露西安说道，"真是一个好名字，我觉得。我也喜欢这名字的含义——国王的通道！"

"哇，这里是'尤拉拜得'，在这儿我们去看过神庙，村里的孩子们还被菲利普的蛇吓了一跳。"黛娜指着地图的某处说道。

"看，查乐多，在这儿——热亚·尤玛这个可怕的家伙就是在这个地方绑架了比尔和妈妈，"菲利普说道，"我们也在这儿开走了他的摩托艇。还有，这里，是'豪阿'，我们从村民那儿拿了足够的水和面包。"

他们沿着地图上的河道一直向下，手指划过了一个又一个他们不知道的村子的名字。最终，他们在地图上找到了"乌堤"，就是尤玛可能会把比尔和艾莉阿姨带去的地方。

"找到了，在这儿！"杰克说道，"我们那时候确实过了这里——看，就是河开始变宽的地方。我们当时在河的中间，所

167

以没有看到它。我的老天，我们就在那儿驶了过去，一下子就错过了'乌堤'！现在，我们再看看地图上，河是怎么变宽的。"

他们很有兴趣地沿着弯弯曲曲的河道看过去。菲利普发出一阵惊呼：

"啊，河确实分汊了——看！我就说嘛，它可能分汊了。看这儿，它事实上分成了三条支流。一条往东流过去，一条向南——第三条看起来很细，应该就是一直变窄最后成了峡谷的那条，也就是我们进来的这条。是的，确实是这条。"

大家都不约而同地看了过来。大河的第三条支流在地图上标记的名字很简单——"西奥格拉"，塔拉解释说这个当地语的意思就是很深的峡谷或者河道之类的。地图上它很突兀地就到尽头了，看着相当奇怪！

"有意思！这个峡谷里的水最后到底会流向什么地方呢？"菲利普很好奇。

"我想可能是地下吧！"杰克说道，"毕竟，我们冲进这个洞穴的时候河就已经快成地下河了。要是再经过那个大瀑布，就肯定是在地下了。谢天谢地——真庆幸我们没有跟着河水一起从瀑布上掉下去！那样的话我们现在就绝对不在这地图上的任何地方了！"

"嗯嗯，我们终于搞清了河流分汊的秘密，"菲利普开心地说道，"现在我们在地图上找找我们周围有什么地下古城、神庙或者陵墓之类的。地图上有标记什么吗？"

"没有，"杰克说道，"我有个主意——我们在这些书里搜一下有没有写'阿拉欧亚'，这个'国王的通道'的。如果有，那就有可能会告诉我们一些关于这个奇妙峡谷的周围区域的信息。"

他们开始找关于"阿拉欧亚"的介绍。大部分的书说的都一样，都是说这个国家的这个地方埋藏了很多宫殿和神庙，也被挖掘了很多。

"听这一段，"杰克突然说着，开始读书上的话，"据说在神秘的深谷附近的土地上曾经有一座非常宏伟的神庙，它的美丽远远超过当时周围任何其他的神庙（大约七千年前）。这些年来一直有人在这儿进行考古发掘，这绝对可以说是这个区域的考古史上最伟大的发现了。这座神庙的建造据说是为了向一位深受人们爱戴的女神致敬。这里几世几代的国王和贵族都会来给她敬献礼物。而这些礼物很可能放置在了神庙的地下隔间里，并被安全地封了起来。神庙从历史的视线中消失了以后，我们很难知道这几千年来的盗墓贼到底有没有把这里的宝藏带出去。"

"我觉得，"菲利普和黛娜一齐说道，"这是真的，你们觉得呢？"

"嗯嗯——这本书看起来是那种严肃正式的书，"杰克说道，"希望它里面所写的不是神话传说——而是那种真实的，或者很有可能真实的事情。"

"这里面还写别的了吗？我们发现的那条奇怪的通道呢——还有穿过古门看到的那些通向下边的台阶呢？"露西安问道，她兴奋得听上去有些上气不接下气，"你们觉得——我们有没有可能找到通向某座古代神庙或者古代宫殿的路呢？想想看真觉得神奇——几千年的尘土掩埋着它们的废墟！"

"有可能，"杰克说道，"毕竟，我们发现的那个入口不同寻常！我觉得之前没有人来过这个洞穴——怎么可能会有人来！头脑正常的人都不会开着船进入这个峡谷的。我们如果研究了地图，看了上面的标记，我们也不会来的！"

"没错，"黛娜说道，"我觉得另一方面，这个峡谷很多年前并不像现在这么深。那时候肯定是相当浅的——要知道，形成一座峡谷需要几百年呢，河水得长年累月地在大岩石中间侵蚀出一条谷道。我觉得几千年前这个峡谷肯定特别浅——甚至就没有峡谷，只有河水——所以我们的洞口就不会像现在这样在水面之上了——只会在水面以下很远的地方。这样的话，没人可以进去。"

"黛娜说得对，"菲利普说道，"在古时候，河床会比这个洞高很多。这就意味着我们能在这儿找到一条通往古城废墟的地下通道，而之前没人能找到！"

这真的是一个令人惊奇的想法。大家你看看我，我看看你，都非常激动。突然，一声巨大的噪音让大家吓得几乎跳了起来。是塔拉！可怜的塔拉今天真是太疲惫了。尽管周围人叽叽喳喳聊得很激动，塔拉却是很快就睡着了，而且还打起了呼噜。

"我们最好现在都去睡觉，"杰克笑道，"你们知道现在都已经凌晨了吗？就让船头灯开着吧，菲利普，你可以把它调成微光模式——如果有个小夜灯照着周围的话，我们会睡得更安心的。"

不一会儿，所有的人都进入了梦乡。船头微弱的灯光静静地照着，船附近没有任何动静，除了菲利普的那条巴尔瓜蛇从他衣服里钻了出来，想在周围找点东西吃。

但是它什么都没有找到，于是饿着肚子回到菲利普温暖的衬衫里去了。小蛇又安顿了下来。在这之后再也听不到任何声音了，除了大家平静的呼吸声——当然，还有洞穴外面持续不断的湍急的水流声。

第23章
令人震惊的一幕

第二天，黛娜最先醒来，打开了她的手电筒。七点四十五了！天哪！她赶快叫醒了其他人。大家都打着哈欠坐了起来，浑身僵直。塔拉把船头的那盏大灯调亮，他向四周看了看，发现孩子们一切安好。

"啊，啊！"他叫道，"奥拉不见了！"

"不见了？他怎么又不见了！"菲利普喊道。就在那时，奥拉从洞的外面走了进来，浑身都湿了，衣服上还滴着水。

"你去哪儿啦？"菲利普严肃地问道，"你都湿了。你是不是掉水里了？你不会游泳！"

"没有，老大，奥拉没掉水里，"奥拉说道，"奥拉去看瀑布了！奥拉看到了非常好看的景儿。"

"谢天谢地！"菲利普说道，"你这个淘气鬼！你可能会淹死的！你到底去哪儿啦？"

"奥拉带老大去看，"奥拉急切地说道，"非常，非常好看！老大去吗？很安全的，老大！"

奥拉沿着洞里水边的岩架向前跑去，在洞口的地方站住。他转过身来叫菲利普，脸上闪着光："快来，老大，奥拉带你去看！"

"好吧，那我们就去看看。"杰克说道。突然间，一阵激动的感觉奔涌而来。这是多么壮观的一幕啊——瀑布从峡谷上倾泻而来，猛冲直下，又消失在地下世界。

虽然现在是白天，但是只有一丁点儿阳光从两面高大岩壁的狭窄间隙中透过来。奥拉打开了他的手电筒。塔拉也把船头灯从船上卸下，拿了过来。他和大家一样，也非常激动。

随着他们离洞口越来越近，河水湍急的声音也渐渐变大。在洞外，居然有一块往外突出的宽大岩石，就在喧闹的河水上边。

"跟着奥拉！"这个被菲利普认为是"淘气鬼"的小男孩突然喊道，"安全，绝对安全！很快就到上边了。"

河大概在下边三英尺的地方，它溅起的水花把大家的衣服都打湿了。但是这块岩石的顶端倒是足够高也足够宽，让他们觉得十分安全。

很快，大家就爬上了岩石离水面大概十二英尺的地方。现在阳光倒是比刚才强得多了。于是孩子们关上手电筒，把它们放进兜里。

河水的声音越来越大，把大家的耳膜都震得有些疼。奥拉领着大家爬呀爬呀，突然停住了。

"这里，老大！"奥拉叫道，他的声音在周围的响声中根本就听不清，"河流没有了！"

他们六个人在一块自然形成的小小的岩石台子上聚到了一起，探头往下看。峡谷里的河水流动着，在他们的脚下戛然而止，然后一下子跌下了很深很深的地方，形成了一个巨大的瀑布。在瀑布的边沿，河水怒号着，打着弯儿地倾泻下来，泡沫翻腾，水花四溅。瀑布的水流一直往下冲，往下冲，往下冲——没有人能看到它最终流向何处，因为下面一片漆黑。

瀑布的下边，有奇怪的光点来回跃动，好像彩虹的光斑一样，亮闪闪的，散发着绚烂的光芒。这真的是非常神奇壮观的景观，没人说话，大家都静静地站在那儿看着。

水花飞溅得很高，落到了他们所站的岩石台子上，把他们的衣服打湿了一次又一次。但是没有人感觉到这些飞溅的水花。所有的人都一动不动地站在那儿，静静地听着，默默地看着，早已沉浸在了这壮观的景观之中——这绝对是世上最令人震惊的景观之一。

峡谷的河流湍急地向前奔去——但是到了这个地方就一下子没有水了——所有的水流都跌落进了深不见底的巨大地洞中，最终消失在地心里。这就是"西奥格拉"——深深的峡谷。

"河水会到什么地方去呢？"露西安说道。她从来都没有过像今天这样，内心如此充满了恐惧。

"想想吧，如果塔拉没看到这个山洞，我们的船很有可能就直接冲下去了！"菲利普一想到这里，就害怕得浑身发抖。

"太美了！"黛娜内心想着，"下面好像有破碎的彩虹在那儿——我一辈子都不会忘记今天看到的景色！"

"不可思议！"杰克心里感叹着，"简直就是不可思议！"

塔拉觉得是时候回去了。这些孩子要在这儿盯着看多久呢？塔拉可是好饿好饿啦，看景儿又不能当饭吃。于是他轻轻地拉了一下杰克的袖子。

杰克转过头来，吓了一跳。塔拉把嘴巴凑到杰克的耳边说："我们回去吗？"

"我觉得该走了。"杰克说道，但是如果可以，他能在这儿待一整天！他推了推菲利普，他们俩一起沿着倾斜的岩架下去。

大家沉默了很久。"我觉得好像去了教堂一样，"露西安说出了他们心里的声音，"太壮观了，让人心里充满敬畏！是不是？"

琪琪一点儿都不喜欢在这儿不断地被水珠打湿，而且她从瀑布那儿没看到任何东西。她非常害怕周围巨大的声响还有水花，于是就缩在杰克的羊毛衫里。现在看到大家要回去了，琪琪实际上是非常开心的，仿佛眼前有一个开了盖儿的菠萝罐头在向她招手。

大家在欢声笑语中度过了早餐时光。每个人都笑得很开心。奥拉看到琪琪吃饭的样子，不停地笑着这只傻里傻气的小鹦鹉，差点儿摔了一跤。幸运的是，他倒在了一旁的岩架上，还好没掉进水里。

他们吃完饭之后，打包了很多食物——把它们用纸包起来，用绳子捆住。塔拉把两罐柠檬汁挂在脖子上，奥拉也全副武装地拿了很多食物。

"现在——所有的人都拿手电筒了吗？所有的人都拿食物了

175

吗？所有的人都要确保自己不能和前面的人断了联系。"杰克
说道。

"是的。"所有的人回答道，包括琪琪。

"塔拉，拿了绳子没？系到腰上了吗？"

"塔拉拿了，"塔拉说道，"还有钩子。塔拉也带了铲子和
叉子。"

他确实拿了，都用绳子拴在自己身上。他还想再拖上一把
铲子，但是太重了，而且一路上拖着一把铲子似乎也不太可行，
尽管塔拉非常强壮。

"你拿着这么多东西就像骆驼一样。"菲利普笑着说道。

"奥拉也像骆驼一样带着这么多东西！"奥拉立马说道，他
有些嫉妒塔拉得到了老大的表扬。

"啊，奥拉像一头骆驼！"菲利普笑道，勇敢的小奥拉也
笑了。

"那么，我觉得是时候和这艘船告别了。"菲利普看了看周
围说。他停了下来，拿了一些东西。

"那是什么？"黛娜问道。

"噢，只是我的一个想法。"菲利普说道。他从热亚·尤玛
的一本书里撕下来一两页纸，并把它们放进口袋里。

"这些是尤玛做了标记的一些书页。"菲利普说道，"如果热
亚·尤玛认为这些很重要，应该做标记的话，我们就应该拿着
它们。谁知道呢——没准儿以后就有用了呢。"

他们出发了，沿着洞里水池边的岩架向前走着。他们来到

了昨天见到的被古老砖墙挡住的一个小洞前，当时塔拉还用手碰了碰那面墙，结果都碎成了土。

他们穿过那个小洞，站在通道里，周围漆黑一片。谢天谢地，他们还有手电筒！

"我觉得可以过一会儿再去探索昨天我们发现的台阶，虽然它令大家都很激动。现在我们最好从通道往上走走，看看能不能从那儿出去。"杰克说道，"希望这条通道能通向地面。"

"我也希望是这样！"菲利普说道，"但是我非常怀疑。因为如果有路通向地面的话，肯定会有人发现这里，然后下来探索。但是那个被封住的被我们碰碎的门一直在那儿，好像从来都没人动过。"

"是呀——看起来门被建在那儿以后，就没人下来过了。"黛娜说道，"那么，我们现在就上去看看吧！"

于是大家就沿着通道向上走，用手电光驱散前方的黑暗。突然，他们停住了——有一堵巨大的石墙挡住了前路，正好截断了通道。

这堵墙可不是用什么泥砖制成的，碰一碰也不会化为尘土！它是用坚固的大石块一块叠着一块垒起来的。现在总算清楚了为什么没有人从这条路走过！肯定是在古代的某个时候，有人下令建造了这堵墙，挡住通往下面的去路。

"唉，看来上面是走不通了。"菲利普说道，心里有一丝凉意，"我们现在还是下去吧——去那段古老的台阶。它们没准儿能通向什么地方。"

第24章
一个神奇的发现

　　杰克借着手电光看了一眼菲利普。菲利普抿起了嘴唇，脸上露出了严峻的表情——他们肯定是遭遇到了一些阻碍！菲利普冲女孩那边点着头，示意杰克不要吓到她们。杰克也点头回应了他。

　　他们又从通道走下去，回到了那扇腐朽的古门前。从那儿，他们走下了台阶。尽管台阶是用石头做的，但边沿已经破损得很厉害了，这也解释了为什么奥拉会滑倒，摔下去。即使如此，奥拉也没有一直摔到最底下。

　　"塔拉，你和杰克拿着绳子的一端，"菲利普说着，他现在开始掌控大局了，"把绳子另一端扔下去——这就对了！现在，我拽着绳子的这一端小心地往下走，检查检查这儿的台阶，数出来——如果碰到一个不结实的我就喊出它的数来，这样的话，你们下去的时候要是到了那个数的台阶就要特别注意一下。"

　　"好主意。"杰克说着，便和塔拉紧紧地抓住绳子。菲利普开始往下走。奥拉也想第一个下去，就像他之前那样，却被塔拉一下子拉住了。奥拉非常生气自己的计划被阻挠了，但是生气也没用——他不得不待在后边。

菲利普小心翼翼地缓步走下台阶，一边走一边数："一，二，三，四——第四个不结实，杰克——五，六，七，八，九——第九个台阶基本上没有了——十，十一……"

"一，二，六，五，十！"琪琪也叫喊着，以为这是一个数数的游戏，"一，二，梳小辫儿，七，八，去采花，九，十……"

"第十五个台阶也没有了，还有第十六个。"菲利普喊道。

"四，九，十五，十六，"杰克重复道，"大点儿声，菲利普——现在你下去，都听不清你的声音了。"

"好的。"菲利普喊着回应道。他紧紧地抓住了绳子，害怕会突然滑下去。"这些台阶非常陡，你们大家都要小心！"菲利普继续喊着数字，但是当他下到第三十九个台阶时，大家就听不到他的声音了。这儿有很多破损了的，甚至消失了的台阶，露西安不得不在杰克的口袋里找出笔和本子记下数字来。

"我已经到最下头了。"菲利普喊道。

"你说什么？"杰克喊着回应。

"我——到——尽头——了！"菲利普使劲儿喊着，"让黛娜下来。要——小——心！"

黛娜开始从台阶走下去。其他人听到她在数数，每当她走到一个坏了的台阶时，他们就喊一声提醒她。黛娜早就把数字记在心里了，她紧紧抓住绳子，小心地迈出每一步。最后，她到达了菲利普身边。

下一个是露西安。她比黛娜更害怕，在第十五个台阶上滑了一跤。但是她手里握住的绳子救了她，她很快又站起身来，找到了平衡。

接下来杰克出发了。他的步子很稳，每迈一步都非常确定。这条路走起来似乎很长。台阶有时会很陡，还有的台阶很窄，走的时候都不容易站住脚。

"好啦，现在我们有四个人下来了。"菲利普晃着他的手电，说道，"塔拉，让奥拉下来！"他大声喊道。

但是，下来的是塔拉。他向菲利普解释了奥拉很想最后一个下，而且奥拉坚决不要绳子。他在塔拉到达底部的时候把绳子给扔了下来。

"他会掉下来摔断腿的，"杰克生气地说道，"真是个糨糊脑袋！"

但是杰克话还没有说完，奥拉就站在旁边了，在手电光的照射下冲着大家笑。他把坏了的台阶记得很清楚，赤着脚，像一只猫一样非常小心地下来了。

"奥拉在这儿，老大！"他向菲利普报告。

"那么，既然我们都下来了，现在该去哪儿呢？"菲利普问道。他举着手电，照了照前面，还有另一条通道，比在台阶上面的那条要更窄一些。

通道两边的墙也是用之前看到过的那种泥砖制成的。孩子们不敢碰，怕一碰它们也碎成土了。这种可怕的情景他们不想再看到了！

他们沿着这条倾斜下去的很陡的通道向前行进，不一会儿就看到一扇拱门。这门也是用泥砖垒起来的。

"我觉得古时候的人们建造这些拱门是为了加固通道的顶部，"杰克说道，"现在这些拱门都没有倒塌，还真是奇怪！"

"我敢打赌很多拱门都已经倒塌变成土了，"黛娜说道，"希望我们在拱门下边走着的时候没有人打喷嚏——我感觉要有人打的话，这个洞顶就会坍下来。"

"千万不要呀，"露西安想象着这种情景，说道，"我也很害怕它会坍下来。"

通道把他们引向了一个房间。这个房间圆圆的，在更远的一侧有一扇巨大的门。孩子们停住了脚步，用手电筒四处照了照。在一个角落里有一堆看似很奇怪的东西，于是他们走了过去，想看个究竟。

他们越走越近，脚步声震动了空气，这一小堆东西竟然垮下去了，变成了更小的一堆——只见那儿露出了一个坚硬的、亮闪闪的东西。

"那是什么？"黛娜问道，不敢轻易碰它。杰克非常小心地拿了起来，它闪着光。

"一个碗！"杰克说道，"一个金子做的碗！边儿上还镶嵌着宝石，看哪！金子当然不会腐烂坏掉啦，而且也不会褪色——

这只金碗肯定经过了无比漫长的岁月！是不是很漂亮?"

大家都满怀敬畏地看着这只金碗。它多少岁了呢? 三千岁? 四千岁? 谁曾经用过它呢? 谁在它的边沿雕刻上骆驼呢? 真是太漂亮了!

"这肯定是无价之宝，"菲利普仍然沉浸在巨大的惊喜中，"那时候，人们崇拜一些男神或者女神，这个金碗肯定是用来装东西贡献给这些神的。啊，这真是太奇妙了!"

"菲利普，你不是读过尤玛那本书上写的关于人们给一个女神建造神庙的事儿吗，你觉得我们有可能是在这个神庙的附近吗?"露西安问道。

"我觉得很有可能。"菲利普用手摸着这个金碗，说道，"我们很有可能就在这个神庙的附近，或者我们就在它下面——我们可能进到它下面，那个藏着贡品的隔间了! 我的天哪，我真不敢相信我的眼睛!"

"有可能——有可能!"黛娜喊道，巨大的兴奋之感让她的声音几乎卡在了嗓子里。

奥拉和塔拉对这个金碗很感兴趣，尤其是塔拉。"金子!"他敲着这个碗说道，"塔拉知道金子，这是金的!"

"拿着它，塔拉!"杰克说道，"千万别摔了它! 现在大家看这儿，这扇门! 它被封住了。"

奥拉跑了过去，揭了一下那上面巨大的封条。它一下子就掉了下来! 菲利普走到这扇门前，推了一下。它突然从门轴那边垮了下来，最后怪异地倾斜着悬挂在了那儿。于是出现了一个足够大的缝隙可以让他们爬过去。

现在情况已经很明白了！他们所在的地方肯定是某座古老而又宏伟的建筑！这儿有一些很大的房间，一个连接着另一个，有的里面的门已经倒塌了，有的里面就没有门。

"有点像大的地下室。"杰克说道，他们用手电光照着这个用石头建成的方形的隔间，又照了照那些椭圆的隔间，还有彼此相连的通道。真像一个巨大的迷宫，处处都堆着难以认出来的东西。所有的东西经过岁月的侵袭都破损得厉害，除了那些用金属和石头做的。

"看，这儿有个小雕像，在自己的壁龛里放着。"露西安说道，她把它捡了起来。它是用某种奇怪的石头雕刻出来的——很多地方雕得都很好，连它袍子上的每一个折痕都经过了精心的雕琢。大家都过来看了看。它有多少岁了？当年的工匠经历了多少个日夜的辛苦工作，才把这个雕刻成的呢？又是谁把它带到神庙里来敬献给女神的呢？他们可能永远都不会知道了！

大家开始探索尘土堆里面埋着的东西。金子总是很明显，因为它的颜色和光亮没有怎么改变——这里有很多金子！金雕像，金碗，金梳子，金耳环，金首饰……

在一个方形的小室里，他们发现了很多宝剑。它们的剑柄镶嵌着宝石。到底是什么宝石？谁都不清楚！杰克拿起了一把匕首，上面用金子雕琢装饰着。"我好喜欢这把匕首！"杰克说道。

"我们不能拿走任何东西！"菲利普说道，"除非我们拿一些用来证明我们这个发现的价值!"

"对的。那我就拿这把匕首。"杰克说着把它别到了自己的腰间。

"那我拿这个金梳子,"黛娜说道,"我把它戴在头发上。"

"我就拿这个小雕像吧,"露西安说道,"我真希望这能是我的——它太漂亮了。但是我必须承认,这些东西不属于任何人——它们属于整个世界,因为它们是真实的历史遗留下来的碎片。"

"你说出了我心里想说的话,露西安!"菲利普说道,"那我就拿这个杯子吧——至少我觉得它应该是个杯子。金的——而且大家看呀,它周围雕刻着公牛的形象!太奇妙了!"

他们继续往前走着,直到最后一个贮藏间的尽头。一路上成千上万的宝贝们让他们看得眼花缭乱。他们敢肯定的是,这里没有任何盗墓贼来过!这些金银珠宝从它们被进献给女神的那一刻开始,就没再被动过了,它们几千年来一直都静静地躺在这里。

"老大,奥拉想要阳光,"奥拉冲菲利普说道,"奥拉不喜欢黑暗,不喜欢这个地方!"

"呃——我猜现在大家都想要阳光了,"菲利普说道,"但是有人看到走出这些地下室,通往上面的路了吗?我反正没看到!"

第25章
有没有出去的路

冒险小分队的所有人都沉浸在发现宝藏的巨大兴奋中，几乎都忘了他们仍身处险境。杰克想坐在一个石椅上面。他小心翼翼地坐了上去，有些害怕它会像贮藏室里的其他东西一样垮掉。但是它是石头做的，能安全地承受住他的重量。

"肯定有路通向这些贮藏室，"杰克说道，"我觉得怎么也得有两条或者三条路，因为这里的宝物太多了。大家四处看一看，有人看到路了吗？"

"只有我们过来的路，"菲利普说道，"可能那是唯一的入口。"

"我不这么认为。我觉得那其实是个秘密入口，一些僧侣可能会用，"杰克说道，"这里肯定还有其他的一些路。我都可以想象出来，那座神庙就在我们上面——那里肯定是个很大的地方！"

"是的——但是不要轻易就觉得神庙就在上面，仍然宏伟地矗立在地面上！"菲利普说道，"它也许只是几千年前的废墟了，之后可能还有其他建筑建在上面，然后再有别的建筑建在更上面！我们很有可能离地面很远很远！你不是读了热亚·尤玛的书吗？我们现在在一个古老的、消失了的、被遗忘的地方，我们只是意外地来到了这里！"

所有的人都静静地听菲利普说着，大家都陷入了沉默。露西安轻微地颤抖起来。古老的——消失了的——被遗忘的——这是多么悲伤、多么令人恐惧的词语呀！一想到他们头上可能有很多其他被遗忘的神庙的遗迹，这种感觉也挺奇怪的。

"我好想离开这儿，"露西安突然说道，"我现在感到害怕了。"

"我们吃些东西吧。"杰克立马说道。他注意到了，大家总是在吃完饭后精神会好些——包括露西安，她的想象力要比其他人更生动更敏锐一些。

接下来，他们一行人就坐在神庙的一个贮藏室里边吃东西边交谈，让这个沉默了许久的历史遗迹仿佛一下子又充满了生气。琪琪也加入了吃饭和谈话之中，她总是惹得大家哈哈大笑。

"你的手帕呢?"琪琪朝着塔拉，不知从哪儿冒出来了一句，"擦鼻涕！一二一，一二一，擦鼻涕！三四五，谁敲鼓！咚咚咚，呼呼呼！"

她模仿得太像了，塔拉和奥拉看得目瞪口呆。接着，琪琪又发出各种各样的打嗝声，逗得塔拉哈哈大笑。他的笑声在这个小小的石室里到处回响，倒是让琪琪一下子闭嘴了。他的笑声同时也让近处角落的一个小土堆噗的一下垮掉了，孩子们现在对这个声音已经非常熟悉了。

"塔拉，看看你这一笑都带来了什么！"杰克指着那一个小土堆说道，"如果你再这么响亮地笑下去的话，整个石室都要被你震垮了，我们就要被埋在这儿啦！"

塔拉非常害怕。他借着手电光，盯着他们头上的屋顶看了半天，好像觉得它真的会掉下来似的。奥拉也盯着看。他一句话都不敢说了，显然也非常害怕和担忧。他不自觉地向菲利普靠了靠。

塔拉吃完了三明治，把包装纸扔到了一边。"不能这样，塔拉！"杰克立马说道，"请你捡起来！在这样的一个历史遗迹中怎么能乱扔垃圾呢！"

塔拉觉得杰克好像疯了，但还是默默地把那张纸捡了起来。

菲利普在他的兜里摸了摸，掏出了几张他从尤玛书上撕下来的书页——这些书页上尤玛做了标记。

"我来看看这几张书页，"菲利普说道，"我不指望它们能派上什么用场，但是这些书页很可能对我们有帮助。我觉得这里好像是热亚·尤玛感兴趣的地方——而且，在亲眼看到了这里所埋藏的东西之后，我开始觉得，我们对尤玛的认识，好像是错的。"

"你什么意思？"杰克说道，"我们多多少少确定了他是在利用他所谓的考古兴趣来遮掩他真正在影视城干的事情，对吧？你的意思是我们想错了？"

"嗯。我觉得他真正干的就是考古！"菲利普说道，"但是他感兴趣的并不是历史或者古老的建筑——啊，当然不是啦！他感兴趣的就是得到这里的宝贝——他觉得这些无价之宝就在这个地方！热亚·尤玛其实就是一个普通的、卑劣的盗墓贼！他所有的挖掘都只是想要找到并偷走这些宝贝——就是此时此刻围绕在我们身边的宝贝！他想得到的是塔拉拿着的金碗，还有……"

"是啊，你说的是对的！"杰克叫喊着，"很有可能是他觉得他的挖掘将要接近尾声，他很快就要得到自己想要的了，结果比尔来了！尤玛非常害怕，他知道比尔的名声，他很确定比尔就是过来监视他的！"

"就是这样！"菲利普说道，"于是他制订了很严密的计划——绑架了比尔和妈妈——打算把我们也除掉——清除了我们这些'破坏者'，他就可以继续挖宝贝了。"

"我觉得你说得对！"黛娜对菲利普的解释完全信服，"但是尤玛没想到的是，我们坐着他的摩托艇走了，还一不小心找到了他梦寐以求的宝藏！"

"是的——但是我们现在有了一个大麻烦，"菲利普清醒地说道，"我们不知道怎么从这儿出去！"

"看看热亚·尤玛在书页上的标记和注释吧！看看有没有什么能帮到我们的，"露西安说道，"他在寻找这个地方，不是吗——你说你觉得他几乎要完成他的挖掘了——所以他的挖掘可能让他离宝藏的贮藏室很近很近了！看看他的标记！"

菲利普把这些尤玛做过标记的纸页摊在地上，塔拉用他的强光手电照着。孩子们跪在地上仔细研究起来。

在其中一页上有一个清单，上面列了尤玛所知道的建在这个伟大神庙废墟上的建筑。塔拉在它们旁边做了标记，还写了一个词——"Trouvé"。

"Trouvé！这是法语词，意思是'发现'。"杰克说道，"也就是说，他的团队在挖掘的时候遇到了很多其他的遗迹，并且在它们的基础上再往下继续挖掘——是的，热亚·尤玛做得很好。他最后可能离这儿很近了。我在想到底有多少人为他做这个活儿。这活儿通常需要耗费很长时间，菲利普，对吗？"

"如果你只是个盗墓贼，不是考古学者的话，时间就不会太长。"菲利普说道，"真正对古物感兴趣的人是不会直着挖下来的，这样就破坏了所有的历史遗迹——他会很小心地、一点儿一点儿地——抖掉上面的泥土，仔细检查任何东西。但是尤玛……"

"是的，尤玛就只是一个盗墓贼！他所做的事情就是付钱让工人挖掘，告诉他们在哪儿挖——很快地挖！"杰克打断了菲利普的话，"天哪，他还真是聪明呢！"

"不是聪明，"黛娜说道，"是狡猾！可怕的人！你们能想象到他的人此时此刻可能就在我们头上挖掘呢？"

"可能吧！"菲利普说道，"看哪——这儿有一张他画的小地图。对我们有用吗？"

大家仔细地研究着这张小地图，但是搞不懂这画的是什么意思。菲利普叹了一口气，道："好吧——这些书页除了让我们搞清楚了尤玛真正做的事情，并没有什么其他帮助。来吧——

我们开始找出口吧！在这些地下室里肯定有某条通往上面神庙的路。"

他们在贮藏室里又四处找寻了一番，每个人此时都对周围越发明显的黑暗和霉臭感到厌倦。黛娜忍不住抱怨。奥拉看起来也确实很痛苦，他垂头丧气地跟在菲利普后面，有气无力地拖着赤脚来回走着。

最后，大家在最大的那个贮藏室又一次坐了下来。"我现在唯一能想出来的办法就是从台阶上再爬出去，从原路返回我们停船的地方，"菲利普说道，"我真的不知道继续待在这儿还有什么意义——这里似乎没有任何出去的路！"

"那回到船那边又有什么意义呢？"杰克也很沮丧，"在那边我们也不可能从洞里逃出去！"

"我不清楚，"菲利普说道，"你们还记得奥拉带我们去的洞口那块突出来的岩石平台吗——就是我们站在那儿向下望，可以看到河流变成瀑布并在下边消失的那块岩石平台？我们在那上面可以试着从旁边的崖壁向上爬一爬，没准儿能爬到上面去呢！"

"不可能！"杰克说道，"我当时其实稍微瞥了一眼旁边，应该上不去的。但是——我们还是折回去再看看吧。我觉得坐在这儿肯定没用。没有人会过来救我们的！"

于是，他们穿过一连串的贮藏室，又沿着原路返回去了，大家都垂头丧气的。他们又回到了那个仅靠一小部分门轴悬挂着的门，爬过去，又进入了找到美丽的金碗的房间，然后经过

191

房间，回到了上面狭窄的通道口，通道的台阶陡得很。

"奥拉——你先上去，你爬起台阶来就像猫一样。"菲利普说道，看来，大家都发现了奥拉的这个特长，"塔拉，把绳子给他让他拿上，对了，还有抓钩。奥拉，我们需要你的帮助。你必须带着钩子和绳子小心地爬上去——一定要小心！你明白了吗？"

菲利普的话刚说完，奥拉的整个人就和刚才不一样了，他一下子就来了精神——他现在总算可以离开地下这些黑暗的大房间了。奥拉急切地点点头，拿好了绳子。啊，他是在为老大做事——做很重要的事。他，奥拉，而不是塔拉！于是，奥拉充满自豪地出发了。他每踏上一个台阶前都要用手摸一摸，再小心翼翼地爬上去。他滑了一下，但是没有摔倒。

最后他成功到达了顶端，冲着下边大喊：

"奥拉到了！奥拉安全！绳子下来喽！"

奥拉一扔，绳子顺着台阶滑了下去，他自己小心地拽着绳子的另一头。他把绳子系在大钩子上，然后将钩子紧紧地卡在一块凸出来的石头上——他看到塔拉之前就是这么做的。

突然，奥拉感到手里的绳子一紧，他知道是下面有人正拽着绳子往上爬。会不会是他的老大呢？奥拉贴在一块大石头旁，紧紧地拉住绳子——以防菲利普滑倒，不得不拉着绳子自救。

就在此时，奥拉听到了什么声音，简直要把他吓死了！在他后面的通道那边传来了像敲击一样的声音。当当当——嗒嗒嗒！奥拉的心脏简直要跳出来了，他吓得倒在了地上，绳子一下子松了。

很快，他听到了菲利普的声音："拽紧绳子，奥拉——都松了！嘿，你在干什么呢？"

当当当——嗒嗒嗒！是不是那些男神和女神对有人在他们的庙里感到很生气，便回来了？奥拉大声尖叫起来，菲利普被吓得差点从台阶上摔下去。

"是那些神，他们来了！"奥拉尖叫着，"他们来了！"

第26章
"是那些神，他们来了！"

菲利普听不到奥拉到底在叫什么，他非常惊慌。他迅速地爬上了剩下的那段台阶，非常非常小心——奥拉此时实在太害怕了，都忘记拉绳子了。

"奥拉，怎么了？你在喊什么？"菲利普问道，他很快就到了台阶顶端。

"是那些神！"奥拉指着通道哭喊着，"他们来了，老大，听！"

菲利普刚才在爬台阶的时候除了奥拉的叫声什么都听不见——但是此时，他的耳朵也捕捉到了奥拉刚才听到的当当声，他一下子被吓住了！

当当当——嗒嗒嗒！

菲利普盯着黑暗的通道，心怦怦直跳。他似乎被奥拉的恐惧传染了，脑海中疯狂地想象着愤怒的神灵走过来的场景。那声音到底是什么？

菲利普转过身子，冲着下面大喊："快上来，快！有事儿发生了！"他使劲儿拉住绳子，手一直在抖。奥拉在旁边抱住菲利普的膝盖，因为恐惧，他虚弱得根本站不起来。黛娜也上来了，听到了菲利普的惊恐的叫喊声。她刚上来站到菲利普的旁边，就听到了当当的敲击声，再加上旁边奥拉一直发出悲伤的呻吟，黛娜魂都快吓掉了。

"是那些神！他们来了！他们来了！"

其他人也不断地往上爬，塔拉是最后一个。他一听到响起的当当声就吓得立马掉头冲下台阶，突然脚一滑，摔了下去。塔拉也觉得这肯定是那些神回来了，来报复他们这支胆敢踏入神庙的冒险小分队！

菲利普没有时间去想塔拉怎么样了，也没时间问他受伤了没有。他不得不立即决定如何应对这当当的声音。咦，这声音到底是从哪儿传过来的呢？

"是通道上面的某个地方——我们都知道上面没有路，因为我们到过那儿，而且看到过石头建的墙就横在道路中间！"菲利普说道，"杰克——你觉得这声音会不会是热亚·尤玛和他的人弄出来的？"

"除了他还能有谁，"杰克说道，"大家都安静！奥拉，闭嘴！我都听不到自己说的话了。"

当当当！

"他们来了！他们来了！"奥拉哭喊着，仍然紧紧抱住菲利普的膝盖。

"尤玛肯定是找到了什么地图，或者制订了什么计划，可以让他挖进这个通道。"菲利普仔细想了想，说道，"但是他们现在没法到这边来，因为有石墙挡着。他们肯定在后面挖呢，而且现在肯定在想办法破坏石墙。我们有希望了！"

"他们肯定会过来的，"杰克听完菲利普的话，说道，"他们肯定有一些很强大的工具。菲利普，快，你有什么计划？"

"什么计划都没有。一切来得太突然了！"菲利普叹息着，"天哪，我现在倒是很高兴，因为知道我们可以出去了！"

"如果真的是尤玛和他的人的话，见到我们，他们肯定不高兴。"杰克很清醒，"我们绝不能坐以待毙。菲利普，我担心热亚·尤玛会在神庙的那些贮藏室里到处乱翻——抢走那些无价之宝。我真不知道该怎么阻止他们！"

"真希望我们能阻止！"菲利普还有两个女孩都很同意。尤玛和他的盗墓团伙会把那些藏有金银珠宝的古老房间洗劫一空的，想想真是可怕！当当的敲击声一直响个不停，他们站在那儿，静静地听着。很明显，这堵石墙还是很结实的！

突然，石墙的一部分被凿开了，上面有一块大石头砸到了通道上，摔得粉碎。孩子们听得真切，尽管他们离得不够近，也看不清发生了什么。

"石墙要塌了，"杰克说道，"他们会很快穿过来的。我们就站在这儿静静地等吧。奥拉，别再大喊大叫了——没有神过来，只有人。"

"不，不，奥拉说是神！塔拉也说是神！"奥拉呻吟着。塔拉现在已经再次爬上了台阶，他摔得浑身瘀青，疼得要死！他决定了，不管是不是神，他都不会再掉下去了。但是当可怕的声音再次响起时，他又一次重复了之前的表现，只是这一次他紧紧地抓住了绳子。幸运的是，那个大抓钩能承受住他的重量，他拽着绳子慢慢地把自己拖了上来。

又一声破碎的响动！应该是刚才那块石头的旁边一块。它被轻而易举地撬开了，这样一来，就有人可以穿过那个破洞爬过来了。

哗，砰！接着传来了人的叫喊声，在通道里回响。塔拉惊奇地听着。为什么——这些神讲当地的语言，讲塔拉的语言！他开始严肃地思考着，深深地怀疑他们是不是神！奥拉也听到了，他站了起来。这些像普通人一样说着话的神会是谁呢？谁会说和塔拉和他一样的语言呢？

突然，一道光亮在通道那儿远远地闪现。"有人穿过来了，"菲利普说道，"啊——还有第二道光。两个人，他们来了！"

只见两个拿着手电的人小心翼翼地走下了通道，他们用手电照照这儿，照照那儿，四处打量着，想看看这儿究竟是个什么样的地方。他们走着走着，突然，看到了沉默了许久的孩子们，后面还站着塔拉这么个大人。他们简直不敢相信自己的眼睛！菲利普向前走了一步，正要说话。

但是，在极度的慌乱中，那两个人惊恐地大叫着，飞一般地逃回了被破坏的石墙那边。

"他们害怕了，他们走了。"奥拉心满意足地说道。

"来吧——我们去石墙那边，自己穿过去，"菲利普说道，"我现在非常渴望能呼吸到新鲜、干净的空气，能有阳光洒到肩

最后的冒险

上。我敢说离看到太阳，我们还会有很长一段路要爬，但是无论多长，都值得！"

他们都爬上了通道，来到石墙的跟前。塔拉用手电的强光照了一下，他们看到四个大石块已经被破坏，掉下通道摔碎了。"来吧，"菲利普说道，"杰克，你先出去，我们跟在后面！"

就在此时，一个人透过石墙的洞望了进来，闪着的手电光直接照到了他们身上。那个人竟然得意地吹起了口哨。

"看来他们说的是对的。确实有人在这儿——而且还是比尔的小伙伴们！真是老天保佑呀——这难道是我在做梦吗？你们怎么到这儿的？"

"你不需要知道，"菲利普冷冷地说道，"我们倒是有一堆问题要问你呢，尤玛先生！比尔和我妈妈现在在哪儿？他们安全吗？"

热亚·尤玛并没有回答。他借着手电光迅速地打量着这支冒险小分队，看看他们到底有几个人。"是不是你们偷了我的摩托艇？"他突然问道，"它在哪儿？"

"你不需要知道，"菲利普重复着这一句，"告诉我比尔和我妈妈怎么样了？你遇到大麻烦了，尤玛先生。我们知道你所有的计划——你就是一个盗墓贼！"

"闭嘴！"热亚·尤玛叫喊着，勃然大怒，"你们究竟怎么到这里的？这里除了这条路根本没有其他路了。"

"噢，这里有的，"菲利普说道，"但是你不可能找到的！现在，让我们从这个洞出去，然后告诉我们比尔在哪儿！"

热亚·尤玛看着很难从孩子们那得到答案，就和塔拉用当地的语言交谈起来。通过他恶狠狠的表情和很凶的声音可以判断，他在威胁塔拉。而塔拉则全程冷漠地听着尤玛的问题和对他的威胁。

"塔拉不知道，塔拉不知道。"他一直用英语回答。这让热亚·尤玛十分恼火。

"他说什么，塔拉?"菲利普问道。

"他问我们怎么到这里的。他说他会把我们都抓住，不放我们走。他还说了很多坏事情。他是坏人!"塔拉突然朝着尤玛吐口水，热亚·尤玛勃然大怒，立马把手里的手电筒朝塔拉砸了过去，一下子打到了他脸上。塔拉大笑了起来，弯腰捡起了砸过来的手电筒，把它系在腰上。他站在那儿，一脸冷漠地看着暴跳如雷的热亚·尤玛。

热亚·尤玛朝他们扬了扬拳头，然后就不见了。他们听到他冲着他的手下说了什么。

"他要派人把我们绑起来，"塔拉边听边说，"热亚·尤玛是个坏蛋，大坏蛋!"

"他真会把我们绑起来吗?"黛娜害怕地问道。

"我一点都不惊讶，"杰克说道，"他想要偷走那些贮藏室的东西，肯定不能让我们碍手碍脚。他会带走这里所有珍贵的宝贝，然后离开，没准儿最后会放了我们——谁知道呢。"

"禽兽!"黛娜愤愤地说道，"我猜他肯定也把比尔和妈妈绑到什么地方去了。"

"是的，很有可能在他'查乐多'的房子里，"菲利普说道，"我们接下来怎么办呢？我们肯定对付不了这么一群人！"

"我们干脆从洞墙的那个缺口里钻回去吧，回到船那边。"杰克突然说道。

"好主意，"菲利普说道，"但这样的话，就会留下热亚·尤玛自由自在地在那些贮藏室搜刮宝贝了——我在想怎样才能阻止他。"

"我们没时间了，"露西安喊道，"那些人过来了！"

她说得对。一个男人从石墙的缝隙里爬了出来，接着还有一个，还有……现在跑已经太晚了，因为那些人看到他们跑到哪儿就会追到哪儿的。所以孩子们干脆站在原地不动。鹦鹉琪琪沉默了好一会儿了，此时看到有人从石墙的缝里挤出来，突然变得很兴奋。她在杰克肩膀上扑扇着翅膀，闹腾着，并且发出一声巨大的尖叫，让那些正朝他们过来的人吓了一大跳。

一共有六个人从石墙那边钻了过来，恶狠狠地朝他们走了过来，形势十分危急。

"走开！"菲利普厉声说道，"把你们的手拿开，否则你们在警察那儿会有很大麻烦的！"

"警察！"琪琪立马尖叫道，"警察，叫警察！呜呜呜呜呜！呜呜呜呜呜！"

那些人一下子就停住了，魂儿都快吓掉了。琪琪发出的尖锐刺耳的警哨声在通道里不停地回响着，听起来非常恐怖。"呜呜呜呜呜，呜呜呜呜呜，呜呜呜呜呜！"这声音仍然持续着，盖过了其他所有的声音。接着琪琪还加入了摩托启动时候那种强大的轰鸣声。"嘣！咔咔!"这些声音夹杂在警哨的回音里，尤玛的那些手下可吓坏了。他们赶忙转身，飞也似的逃走了。他们的喊叫声也加了进来，此时的回音简直变成了疯狂又恐怖的大合唱！

看着那些人落荒而逃，从石墙里又爬了回去，孩子们哈哈大笑。

"谢谢你，琪琪，"杰克说道，抚摸着她的羽毛，"这一次我不用说'安静一点儿'了，你出声出得太及时了!"

第27章
现在怎么办

　　塔拉看到那些人被这种神秘的声音吓得落荒而逃，开心地大笑了起来，笑声回荡在整个通道里。奥拉也高兴得手舞足蹈。他们两个似乎都觉得，这下他们把那些人吓得够呛，尤玛的人就不会再来找麻烦了。

　　但是孩子们是清醒的。他们严肃地望着彼此。"趁着现在这个机会，我们应该试着从石墙的缝里逃出去吗？"菲利普问道。

　　"我也不清楚。既然那些人那么害怕，我们在这儿应该是相对安全的。"杰克说道，"你怎么看，塔拉？那些人还会回来吗？"

　　"那些人很害怕，非常害怕，"塔拉笑着露出了一口白牙，"那些人不会回来了，永远不会回来。我们走吧？"

　　"不行，等一下，"杰克说道，"我们可不想'刚出油锅，又入火坑'！那些人肯定会去找热亚·尤玛，告诉他这里发生的事——他很有可能会在那边等着我们自投罗网，没准儿我们刚一爬出墙洞就被逮住了。"

　　塔拉点了点头："说得对，我们就在这儿等着吧，别出去了。尤玛那个坏人！"

他们便坐了下来，静静地等着。过了一会儿，什么事都没发生。接着，一个戴着头巾、穿着白袍的人来到了石墙的破洞前。

"我想和你们谈一谈。"那个人用并不是很标准的英语说道。菲利普觉得他肯定是尤玛派来的信使，便等着看他会说什么。

"我要从这个墙洞里爬过去，和你们谈一谈。"这个人重复说道。

"那你就过来吧。"菲利普说道，猜测这个人会是谁。

那个人从墙洞里钻了出来，来到孩子们的身旁。他很有礼貌地向他们鞠躬问候。

"我可以坐在你旁边吗？"

"可以，"菲利普说道，一下子警惕起来，"你为什么而来？"

"我来是想告诉你，我的朋友热亚·尤玛先生非常抱歉他吓到了你们，"这个人说道，"他其实是——用你们的语言怎么说来着——哦，'惊讶地'——看到你们在这儿。他想跟你们说声对不起。"

"他的手下回去告诉他说他们不会再为他工作了，"这个人还继续讲着，"他们太害怕了。这对于尤玛来说真是个坏消息。他还得找别人。所以他让我过来跟你们说你们可以安然无恙地走出去。他会保证你们走正确的出路，然后会给你们安排车，那样你们就可以平安地去'查乐多'了。"

"为什么去'查乐多'？"菲利普立马问道。

"因为比尔和他的妻子也在那儿，"这个人继续着他温柔的话语，"你们将会和他们会合，之后你们想做任何事情都行。你们觉得这样可以吗，你们同意吗？"

"你是谁呀？"杰克直接问道。

"我是他的朋友，"这人说道，"但是我不像他那么鲁莽。我跟他说吓到你们是他的不对，你们只是孩子而已。他会听我的话的，你们可以看出来。现在——你们接受他慷慨的条件吗？他真诚地为他的愚蠢向你们道歉。"

"去告诉他我们要考虑一下，"杰克说道，"我们要讨论一下，事实上，我们并不信任你的朋友热亚·尤玛先生。"

"那真是令人很伤心呀，"这人说道，然后站了起来，"我现在去石墙那边等着，你们商量好了就来告诉我，行吗？"

这个人抬起腿来正要离开，突然瞥见塔拉身旁放着的金碗，然后惊奇地盯着它看。

"你们从哪儿得到的这个？"他问道，"我可以看看吗？"他说着便弓着腰来打算捡起金碗，但是塔拉一下子就夺走了，站直了身子把金碗举得很高。这个尤玛的朋友想要伸手去够，他白色的衣袖掉落了下来让他露出了胳膊。塔拉并没有松手。这个人似乎有点急了，他用当地语言骂了几句，看着要袭击塔拉似的。但是他迅速地恢复了自己的礼貌，又一次鞠躬致意，向石墙走了过去。他钻进了石墙的破洞里，在另一面静静地等着。

"那么，现在我们要不要同意这件事呢？"菲利普说道。

杰克猛烈地摇了摇头："不，不，不！你难道没注意他去够塔拉手上的金碗时露出的胳膊吗？他不是热亚·尤玛的朋友！"

"那他是谁呢？"所有的人都大吃一惊。

"他就是热亚·尤玛本人！"杰克说道，"你们看见了吗，他去够塔拉手上的金碗的时候，露出了右胳膊。他的袖子落了下来——在他的胳膊上，有一个似乎是旧伤留下的白色疤痕——就像一条蜷曲的长蛇！"

周围一片死寂。菲利普感叹道："我的天哪，这个狡猾的家伙，他还真敢这样过来找我们！我从来都没想过他会是热亚·尤玛本人——他穿得就像一个普通人——也说着不那么地道的英语。啊，他真是太阴险了！难怪以前比尔给我看的他的照片每一张都像是一个不同的人！"

黛娜十分震惊："这个骗子！居然敢乔装过来和我们谈话！还一点点说服我们走进他的圈套里！杰克，幸好你看到了他那个像蛇一样的疤痕！"

"幸好比尔告诉过我们他胳膊上的疤痕！"杰克说道，"那么，我们现在该怎么做呢？过去直接告诉他没门，而且我们知道他是谁？"

"是的，"菲利普起身说道，"来吧，杰克，我们俩现在就过去告诉他。你们其他人留在这儿。"

菲利普和杰克顺着通道爬了上去，来到了石墙边。此时，热亚·尤玛手交叠着插在袍子里，毫无表情地等待着，同时静静地看着周围——他这么一看还真像一个品行高贵的人！

"尤玛先生，"杰克大胆地说道，"我们对你的诡计

205

说'不'！"

"你这是什么意思？"这个人说道，"我不是尤玛先生，我是他的朋友！别这么无礼，孩子！"

"你就是热亚·尤玛，"菲利普说道，"我们看到你右胳膊上的蛇形疤痕了——这就是你的标志，尤玛先生！而且，我觉得这个标志还真的和你很般配——你的所作所为简直就像蛇一样阴险狡猾！"

热亚·尤玛终于卸下了他温柔的嗓音和礼貌，他挥舞着两个拳头，冲他们大喊大叫。

"你们自己送上门来了！我会给你们点教训！你们真以为能从这儿走出去，还能见到外面的太阳？没门！没门！没门！我让人把这个洞堵住，让你们永远都出不去！"

"那我们就从我们来时的路走出去，"杰克说道，"反正这又不是唯一的路。"

"哈哈，你们不能从来时的路走出去的！"热亚·尤玛说道，"如果你们能的话，现在早就走了，还用留在这儿吗？我可不傻。你们真该被教训教训！"

他突然从石墙那边转了过去，大声喊了起来："快过来，人呢，快来，你们有事做了！"

孩子们、塔拉，还有奥拉此刻都站在石墙边，听着对面的动静。没有人回应尤玛的呼喊。他又用孩子们听不懂的当地语言呼喊了一遍，这次来了两个人，都有些不情愿。

"搬砖块来！堵住这个洞！"热亚·尤玛命令道。这两个人不高兴地盯着他，又害怕地看看这个洞——他们记起了他们的同伙从那边的通道跑回来时说的话！

热亚·尤玛迅速地在他们耳边说了几句，那两个人似乎一下子有了兴趣。

"塔拉，他说什么？"杰克问道。

"他答应给他们金子，"塔拉说道，"他说如果他们服从他的命令，他们就会得到很多很多金子！"

那两个人相互对望一眼，点了点头。他们立马跑了出去，然后搬回来一堆砖块。还来了第三个人，他搬来了灰浆。接着他们就开始用砖堵住石墙上的破洞。

菲利普他们在石墙那边几乎绝望了。他们知道他们可以回到船那边找很多食物吃，也可以在洞口外面透透气——但是热亚·尤玛要把他们监禁多久呢？他们迟早是要认输的。他们看着石墙上的破洞一点一点被填满——突然，菲利普想到了一个好主意！

他把手伸进衬衫里，轻柔地把那条他很珍爱的巴尔瓜蛇掏了出来，将这个可爱的亮绿色小生物放到石墙上仅存的小口边沿上。

"尤玛先生。"菲利普叫道，"尤玛先生——你在那儿吗？我有个东西要送给你！"

热亚·尤玛立刻来到了石墙边，把脸朝那个快被堵死的破洞贴了过去，借着手电光往里瞧。他一下子就看到了一条扭动着身躯的巴尔瓜毒蛇！热亚·尤玛惊恐地大叫一声，那条蛇也

外面的其他三个人也看到了巴尔瓜蛇，全都吓得屁滚尿流，赶忙丢掉手里的工具，落荒而逃！

顺着小口爬了出来。外面的其他三个人也看到了巴尔瓜蛇，全都吓得屁滚尿流，赶忙丢掉手里的工具，落荒而逃！

"巴尔瓜！巴尔瓜！"

没有人能看到接下来发生了什么，因为透过小口看过去，石墙外面陷入一片黑暗之中。随着尤玛和那些人的哭喊声渐渐消失在远处，孩子们就再也听不到任何声音了。

"塔拉打开墙！"塔拉突然说道。他拿着一直挂在他脖子上的小铲子，猛烈地凿着石墙，奥拉也赤着双手过来帮他。尤玛那些人堵上小口没多久，灰浆还是软的。所以一点儿都不费劲，塔拉把刚才胡乱砌上去的砖块凿了下去。石墙上的洞便和之前一样大了。

"好样的，塔拉！好样的，奥拉！"菲利普说道，"现在，我们赶紧出去，趁着那条巴尔瓜蛇还能吓住他们。准备好了吗？"

他们一个接一个地钻出了石墙上的洞，发现他们身处一段非常狭窄的通道里，很明显，这个通道刚被挖出来不久。他们继续往前走，然后来到了一个地方，看起来是通向地面的竖井。这里有一些破破烂烂的台阶，还有一条从上面降下来的绳子可以握住。

"那么，我们就上吧！"菲利普拿着手电筒向上面照了照，"希望我们好运——这是我们逃出去的唯一机会！"

第28章
尤玛有了大麻烦

竖井很深，要从这儿一路爬上去一点儿都不容易。菲利普最先到了上边，觉得疲惫不堪，因为很多台阶都坏了，一点都不结实。他就这样心惊胆战地爬呀，爬呀，爬呀，只有一根绳子可以拽着。

菲利普发现即使到了上面，周围还是漆黑一片。一条小隧道斜斜地通向上边。他站在竖井的顶部，帮着下一个上来的露西安爬了出来，然后去看了看这里的隧道究竟通向哪儿。结果发现，它通向另一个竖井，一个更浅的竖井，说它浅是因为菲利普几乎可以望见顶端的阳光。他太激动了，心跳快得厉害。终于又可以见到阳光了，真是太美妙了！

很快，其他人也安全地爬上了竖井。塔拉痛苦地抱怨着："塔拉滑倒了，塔拉拉住了绳子，手都破了，看！"

可怜的塔拉！他中途滑了下去，顺着绳子就滑得太快了，手都被擦伤了。菲利普给他递过去手帕。

"给你，塔拉，包起来！"菲利普说道，"没有时间吵吵闹闹了。我希望还能看到我的巴尔瓜蛇，我不知道它跑哪儿去了。"

"你肯定不能指望它也爬上来了吧，菲利普！"黛娜说道。

"蛇能爬到任何地方，"菲利普说道，"好啦，我们还有另一个竖井要爬——然后就可以见到阳光了！"

每个人听到这个消息都很开心。他们很快地爬上了下一个竖井，这次攀爬要容易很多。因为有一条绳梯从上面一直垂了下来。他们很快就都到了顶部。

"能再一次见到阳光简直是这世间最美好的事情了！"露西安说道，眨着眼睛感受周围的阳光，"这感觉不是很好吗，黛娜！啊，菲利普——你在上边这儿肯定找不到那条巴尔瓜蛇了。它不可能爬上两个竖井的，可怜的小家伙！"

黛娜看到巴尔瓜蛇不见了，暗自高兴。但是她可不敢这么说出来，毕竟，那条小蛇救了大家，没有它，就没有大家现在的自由。她急切地站在地面上四处张望着，很开心地沐浴着阳光。

他们所在的地方还真是荒凉！"就像在荒无人烟的沙漠中间建了一个小院子的感觉！"黛娜说道。大家也都有这种感觉。

"尤玛和他的人都去哪儿啦？"杰克猜测着，"哦——那里有人！他们在做什么呢——弯下身子好像在看什么东西。"

那些人听到了杰克他们的声音，抬起了头。然后他们其中一人飞一般地跑了过来，还跃过了地上挖掘而形成的一堆堆小土丘。他急急忙忙地跑向菲利普和杰克，用他们当地的语言说了一些什么。

"他说什么？"菲利普转向塔拉和奥拉，对这个人焦急的样

211

子很是疑惑。

奥拉扬扬得意地大笑起来："他说巴尔瓜蛇咬了他的主人。他说他主人很害怕，快要死了，因为巴尔瓜是毒蛇。他说尤玛先生想要和你说话。"

孩子们你看看我，我看看你，都偷偷地笑了。他们知道这条巴尔瓜蛇没有毒，但是尤玛可不知道！它现在咬了尤玛，尤玛便觉得自己肯定要死了——除非他立刻被送到医生那儿，让医生给他解毒！

"你的巴尔瓜蛇能咬人吗？"黛娜小声地问菲利普，"它都没毒了还能咬人呀？"

菲利普点了点头："嗯，当然能咬人啊——只不过它咬一口，不会毒死人而已。哈哈，真是太有意思了——我们去和热亚·尤玛聊聊吧，很明显，他现在觉得自己快不行了。"

于是，菲利普一行人走到了热亚·尤玛躺着的地方。他的脸因为恐惧而变得煞白。他用右胳膊支在地上，呻吟着。

"那条蛇——咬了我，"他对菲利普说，"你的蛇会害死我的，除非你们帮忙把我立刻送去影视城。那儿有很好的医生，他们可以救我。"

"你的手下加里曾经告诉过我们，你把比尔和我妈妈绑架到了'乌堤'。"菲利普目光一沉，说道，"告诉我，是这样吗？他们现在还在那里吗？"

"是的。还有你们的船，"热亚·尤玛虚弱地说道，"我们立刻去那儿！比尔先生可以开着船把我带去河流上游的影视城——他能给我找到医生。帮帮我，孩子。我真的不想死，求求你行行好——是你的蛇咬了我啊！"

菲利普转过身去，鄙夷地看着这个现在在哭喊求救的人，刚才他还残忍地下令让他的手下把他们堵死在那个地下通道里呢！菲利普看向塔拉，说道：

"你来安排这件事吧，塔拉。那儿有一辆小卡车，还有货车。你告诉尤玛的那些手下把他抬进货车，我们会从后面开着卡车跟着。热亚·尤玛肯定知道路。塔拉，你来开卡车，如果他再要什么花招的话，你就使劲儿踩油门，把车开到安全的地方。"

但是这次热亚·尤玛什么花招都要不了了。他现在处在被毒蛇咬后的极大恐慌之中，他唯一想做的就是马上到"乌堤"，求比尔尽快把他送去影视城。

他们开车出发了。货车在前面开路，塔拉开着卡车跟在后面。这两辆车的性能都很强大，可以适应各种极端地形，这一点此时显得尤其重要，因为他们走的路简直就不是路！卡车和货车在山丘和土堆上颠簸前行，可怜的热亚·尤玛，躺在货车里滚来滚去，痛苦地哭喊着。事实上，他根本就没什么病痛，只是他觉得自己被巴尔瓜蛇咬了一口，整个身体都有毒了，他确信自己从头到脚都很疼。

去"乌堤"真的好远好远，最后他们总算到了。当车开到"乌堤"的时候，热亚·尤玛给他的司机一些指示，货车和卡车就都停在了一座小棚屋边上。这座小屋孤零零地建在废弃的车道旁。

尤玛的司机从他那儿拿了一串钥匙，下了车。接着他用钥匙打开了小屋的门锁，只见比尔从里面冲了出来。比尔怒气冲冲的，孩子们从来都没见过他发这么大火。

"热亚·尤玛！"比尔大声喊道，"尤玛那个家伙呢？"

那个货车司机边说边打手势。很明显，他是想告诉比尔尤玛被蛇咬了。但是比尔一点儿都不明白他在讲什么。杰克和菲利普觉得是时候他们出场，来解释这件事了，于是他们跳下车，跑向了比尔。

比尔看着杰克和菲利普，仿佛在做梦："杰克，菲利普！我的老天！这，这究竟是怎么一回事？快告诉我，菲利普！"

菲利普简短地说了几句，足够让比尔搞清楚现在到底发生了什么。

"尤玛在后面的货车里，"菲利普说道，"他觉得自己被毒蛇咬了——但是其实并没有，是我的那条巴尔瓜——你知道它没有毒的！尤玛现在急切地想要去影视城找个医生，他答应把我们带到这里，然后把你放了，这样的话，你就可以开船带上他去河流上游的影视城看医生了。这大概就是现在发生的一切，比尔。"

"嗯嗯，老天保佑！"比尔说道，"所以热亚·尤玛这个家伙认为自己被咬了致命的一口，是吗？那么或许他会想坦白一些事情，并且愿意摸摸自己的良心了！好吧——去找找我们的船在哪儿，孩子们，告诉尤玛我就来，我先去接艾莉。"

比尔跑向了小棚屋。菲利普跟在了他后面，着急地想要见到妈妈。杰克走过去告诉尤玛比尔这就来，并且问了问他们的船在哪儿。

　　热亚·尤玛的脸色仍然非常苍白。他呻吟着。"好孩子，"他说道，"啊，这肯定是老天对我罪行的惩罚。我一直是个坏人，孩子。"

　　"听着确实是这样。"杰克可是一点儿都不会同情他的，"比尔想要知道我们的船在哪儿。"

　　"在河边，"热亚·尤玛呻吟道，"蛇毒已经进入我血管里了，我知道！我们要快一点了！"

　　比尔和艾莉阿姨一起出来了。艾莉阿姨在棚屋里被关了几天，脸色看起来非常差。菲利普告诉了她一些他们的冒险经历，艾莉阿姨才稍稍有了一点儿精神。当然，艾莉阿姨和比尔都想象不到，孩子们经历了怎样激动人心的冒险！

　　他们向河边跑去。比尔看到了躺在货车里，自认为奄奄一息的热亚·尤玛。他一股脑儿地把自己所有的罪行都"真诚"地坦白了出来，比尔听着都有些尴尬。热亚·尤玛一辈子做过的那些事儿啊！他做过的坏事可真是数都数不过来！

　　他们的船就停在尤玛所说的河边。在比尔和杰克到那儿的同时，艾莉阿姨已经在卡车上听到了更多孩子们的冒险。小鹦鹉琪琪开心地向艾莉阿姨问好，伸出小爪子一直坚持和她握手，握了七八次都不停。

　　"很开心见到你，"琪琪说话的调子有点奇怪，"很开心见到

215

你，很开心见到你，早上好，再见！"

"噢——可爱的琪琪，我也非常开心又见到你了，"艾莉阿姨回应着这只小鹦鹉，"我们想到了塔拉会照顾好你们的，他肯定会去报警然后尽可能快地来救我们。我从没想过你们居然有这样的冒险经历！可怜的尤玛先生——他被巴尔瓜蛇咬了，现在肯定恐慌得要命！"

"不要说'可怜的尤玛先生'了，妈妈！"黛娜说道，"他坏透了！等你听完我们所有的故事你就不会这么说了。我们的经历绝对惊险至极，我保证！"

货车和卡车留在了"乌堤"。船把所有的人都带到了影视城，热亚·尤玛一路上一直都很痛苦地来回翻着身，呻吟着。他真的可以通过假想，表现出所有被毒蛇咬后的症状，这实在是令人印象深刻！比尔甚至都有些怀疑，菲利普的那条巴尔瓜蛇是不是真的像他们想的那样，无毒无害呢？

一想到刚才热亚·尤玛哆哆嗦嗦地向他坦白所有的罪行，比尔就眉头一紧——尤其他这次想要去盗取古老的、被人遗忘的神庙里的那些宝贝，他的贪婪让比尔觉得很恶心。热亚·尤玛当然不会被带去看医生了——他会被带去看警察！

热亚·尤玛非常震惊——一到影视城，他居然被比尔他们交给了警察！比尔预订了两辆车，船一到影视城，他们就坐上了车。比尔和艾莉阿姨还有热亚·尤玛坐在第一辆上，其他六个人，还有琪琪都在第二辆上——两辆车都开往了警察局！当热亚·尤玛被半拖半抬着进入警察局的时候，他简直不敢相信自己的眼睛！为什么不是他期待的医院里舒服的单人病房呢？

"这是什么情况？"他哭喊着，"我都快死了，被毒蛇咬死了，你们居然还对这样一个快死的人耍这种把戏！"

"你好好的呢，尤玛先生。"比尔大笑着说道，"你被蛇咬了但并没有中毒——那条巴尔瓜蛇不幸地被切除了毒腺管，不再有毒了。所以打起精神来——你不会死的——但是你会有一大堆事情要向警察交代，不是吗？"

第29章
冒险结束

不仅仅是热亚·尤玛有一大堆事情要向警察交代，孩子们也有一大堆事情要告诉比尔和艾莉阿姨。他们感觉他们的冒险传奇都可以讲一个星期了！

热亚·尤玛之后便被交给警察看押起来了。他们在听了比尔和孩子们讲的整个事情后都被逗乐了。交接完成，比尔一行人就被允许离开警察局了。

"热亚·尤玛知道咬自己的蛇没有毒后，一下子非常沮丧。警察们看着他觉得整件事情挺搞笑的。"比尔和大家笑谈着走出了警察局，"当然了，当一个人所犯的罪行被发现的时候，他自己可能会觉得很倒霉——但是这就是事情必然的结果，一个人或早或晚，都要为自己的罪行埋单！"

"嗯嗯，尤玛现在肯定体会到了这一点——你们觉得他有没有体会到？"菲利普问道，"既然他知道了自己没有被毒蛇咬，他还会重新开始干他的那些坏事吗，比尔？"

"恐怕他有很长一段时间都不能出现在公众面前了！"比尔说道，"时间长到足够让毒蛇咬的伤口恢复，不管是真的还是假想出来的。我必须说，菲利普，你的巴尔瓜蛇真的是回报了你的好心和善良！"

"是的，真希望它能再回到我身边，"菲利普说道，"我好喜欢它。"

"千万别在奥拉面前说啦，要不然他又要给你变出一堆蛇来了。"黛娜惊慌地说道。

此时，大家都懒洋洋地靠在船上说着话，这感觉真好！比尔听到孩子们绘声绘色地讲着他们的传奇经历和冒险故事，觉得简直不可思议。

"我和艾莉被关在那座小破棚屋里，门也锁住了，窗户也被钉死了，什么事也没发生，简直是无聊透顶！而你们——你们四个可算是经历了一次奇妙的冒险之旅，"比尔说道，"在峡谷的激流上行船，差一点从瀑布上摔下去，爬各种墙洞，还发现了古老的宝藏……"

"有时候还真是挺惊险的，"杰克说道，"黛娜和露西安两个女孩表现得特别好。奥拉和塔拉也很棒！"

这种赞美从平时一向严格的杰克嘴里说出来可真是不寻常呀，黛娜和露西安面面相觑。

"当然啦，琪琪也出了一份力！"杰克补充道。比尔哈哈大笑。

"从你告诉我的经历来看，琪琪确实出了力！"比尔说道，"她似乎对'警察'这个词有很奇妙的反应。"

"警察！"琪琪立马叫道，"叫警察！呜呜呜呜呜！"

此时正好有一些路人从船边经过，他们都纷纷停下来看着琪琪，眼睛瞪得圆圆的，似乎有些害怕。

"没事的，没事的，"杰克冲他们喊道，"别怕，是只鹦鹉。琪琪，能不能别总是这样，某一天你再这么叫的时候可能真有警察过来了，把你铐走！"

"呜呜呜呜呜！"琪琪又开始了，杰克在她嘴上轻轻一拍。

"坏人！"她不满地冲杰克嘟囔着，"坏人！杰克坏人！"

"又能听到琪琪的叫声啦，真好啊，"艾莉阿姨说道，"如果比尔和我被关在小棚屋里的时候，也能有琪琪小可爱陪伴着，那就不会那么无聊啦！"

"我猜，你们应该知道，小家伙们，你们发现的神庙和宝藏简直是考古史上的奇迹！"过了一会儿，比尔说道，"我知道热亚·尤玛也想找到这个，但是他现在可是名声扫地呀——毕竟，他和你们所做的完全不一样。他找到这个古老的神庙仅仅是为了盗走那儿的宝贝，而你们，你们竟然意外地发现了神庙和里面的宝藏，然后想尽一切办法阻止别人去破坏。"

"别人，你觉得我们应该怎么处理我们带到这儿来的东西？"黛娜急切地问道，"那只金碗——真的是金子做的，对吗？——还有那个杯子——那个小雕像——还有那把匕首。你难道不觉得它们很美妙吗？真希望我们能留下它们，但是我知道绝对不行的。"

"是的，我们不能据为己有。这些珍贵的宝物属于全世界。"比尔说道，"不仅仅是属于我们这一代人，也属于我们的子孙后代。这些东西是人类历史的宝贵遗产——我真的为你们感到骄傲，是你们把它们从被遗忘的古庙里拿了出来，让被埋葬了许久的它们能重见天日。"

"那个神庙之后会怎么样呢，比尔？"杰克问道，"我们拿回来的这些东西之后会怎么样呢？我们不得不把它们留在警察局了，你懂的！"

"是的。嗯，它们会被展现在世界上最好的专家面前。"比尔说道，"这个深埋地下很久，几乎被人遗忘的神庙被发现了。警察说，这个消息传开之后，就会有世界各地的最著名的考古学家飞过来，来确保发掘的正确以及遗迹和宝物的保护。"

"我们能见见这些考古学家吗？"菲利普急切地问道。

"不能，那个时候你们已经在学校了。"比尔一点儿都不心软。

"学校？啊，比尔，你太坏了！"黛娜说道。她刚才还想象着和世界著名的学者们谈话呢，比尔这句话一下子让她的美梦破灭了："我们难道不能继续待在这儿，看着所有的宝物们被挖出来吗？"

"天哪，当然不能啦！"艾莉阿姨说道，"把这个神庙和宝物挖掘出来，那要花费五六年呢——甚至更长时间。考古学家们的发掘肯定不像热亚·尤玛那样粗鲁、轻率，你们懂的，他们连每一寸土都要细细地研究呢！"

"哦——那我们就不能留下来看这么激动人心的场景了，太失望了！"露西安叹息着。

"亲爱的露西安，你难道还没有经历够激动人心的事情吗？"比尔惊讶地说道，"我觉得你们四个有足够的冒险传奇了，这些经历可能是一个普通人一辈子都赶不上的！"

"嗯嗯——或许我们就不是普通人？"菲利普说道，眼睛亮闪闪的。

"你当然不是普通人，菲利普！"黛娜说道，"没有普通人会把一条蛇放进衣服里跟着自己的，我猜下次你都能收养一只骆驼了！"

"啊，这倒是提醒了我——比尔，今天我看到一只刚生出来的小骆驼，它看起来很不开心，"菲利普满怀希望地看着比尔，"你看，我们那么聪明地找到了神庙，还教训了热亚·尤玛，是不是会有什么奖励呢，我的奖励可以是一只小骆驼！"

"当然不可以了，"艾莉阿姨一下子坐直了身子，"你是开玩笑的吧，菲利普！把骆驼带回家，你什么意思？"

"呃——那只是非常非常小的一只，"菲利普着急地解释着，"是不是，露西安？它刚生出来两天而已。它——"

"菲利普——你难道不知道骆驼会长得很大吗，而且它们也不喜欢我们那儿的寒冷气候！"艾莉阿姨打断了他，"我的天哪，我真难以想象一只骆驼坐在我的玫瑰花丛里……"

"好啦，好啦，妈妈，"菲利普迅速地回应道，"我只是有个想法而已——你们刚才还很高兴我们能——"

"那么，菲利普，你觉得你能每天一大早起来喂它干草吗？"比尔咧嘴笑笑，"不可能，小家伙，想点儿别的奖励吧！"

"我希望我们能不要立刻回学校，"杰克说道，"艾莉阿姨，我真的很想带你们去看看那个在峡谷边沿飞流直下的瀑布！我们还能不能再去神庙下面的洞里看看呢？虽然现在被政府封锁起来了，但是鉴于是我们发现的，政府或许能让我们下去？如果行的话，你们就可以从石墙的破洞钻进去，一路沿着岩架走过去，然后站在另一处洞口的岩石台子上，就可以观赏到奥拉所说的'大瀑布'了——那景色美得简直让人难以呼吸！"

"奥拉找到的'大瀑布'，奥拉可以给善良的夫人带路！"奥拉的声音响了起来，他黑色的小脑袋从角落里露出来。

"啊，奥拉你原来在这儿呢！"菲利普说道，"快来，奥拉。过来和我们坐一起，给大家讲讲你是怎么一个人出去找到这个'大瀑布'的！"

奥拉非常骄傲地讲述了他的整个故事。他有些不好意思坐下去，就站在那儿说。他小小的、瘦弱的小身板儿站在那儿，浑身上下布满了瘀青和伤痕，背上还有鞭痕。他讲自己传奇经历的时候，眼睛闪闪发亮。

当他讲完的时候，艾莉阿姨温柔地把这个小家伙拽到自己的身边。"奥拉，你真是个勇敢善良的好孩子，"艾莉阿姨说道，"我们会永远记得你的。"

"老大也会记得奥拉吗？"奥拉看向菲利普，满眼都是不舍。

"当然了，我会永远记得你，"菲利普说道，"以后我们再回来，来看挖掘的神庙或者宝物的展览时，你一定得带着我们参观哟。奥拉，我们一言为定！"

"一言为定！奥拉会干干净净的，奥拉会去上学，奥拉会做老大说的那些事情。"奥拉虽然身体小小的，但是有一颗勇士的心！他默默地给大家鞠了一躬，像是告别。奥拉眼里闪烁着骄傲的泪水，然后就消失在船廊的尽头了。

奥拉离开之后，大家陷入了一阵沉默。"我非常非常喜欢奥拉。"露西安十分不舍地说道，"你呢，杰克？"

每个人都使劲儿地点点头。是的，奥拉就和神庙的宝物一样，都与他们在这次河流的冒险之旅中奇妙地相遇了。他们还能再见到他吗？当然能了，肯定会再见的！

"好啦，我们说了这么多了，我舌头都累了，"艾莉阿姨说道，"但是最后我必须告诉你们一件事情让你们可以放松放松心情。我们不会飞回去的——我们会走海路坐船回去，可能要一个星期或者更长时间才能到家！"

"哇——太好啦！"黛娜欢呼道，其他人也都开心起来。完整的一周——太幸运了！

"我们这次可是一次'康复'之旅呢，你们觉得我们那个时候身体会恢复得很好吗？"露西安问道，"我们回学校时身体健康吗？"

"天哪——你们当然健康了，你们简直健壮得不得了！"艾莉阿姨大笑着说道。

"不得了，不得了！"琪琪又喊叫了起来，"得不了，得不了！"

"你有一点精神错乱了，小家伙，哦，不，老家伙！"杰克说道，"这可是变老的迹象——哎呀，别，别啄我耳朵！"

大家都安静了下来。他们就这样坐在甲板上，听着河水流过，轻轻拍打着船的声音。

"冒响河，冒险河！"露西安说道，"我们真的想不出一个更好的名字了。我们就在这条河上，经历了许许多多的冒险！"

"是呀，很难忘的冒险经历！"杰克说道，"哎呀，琪琪，别老是啄我耳朵！求你啦，求——"

"求，求，求！"琪琪又大声喊叫着，"求，球，踢球！"

再见了，琪琪。你的声音总是伴随着我们的冒险之旅的结尾。